# 大城小事

COMIC BY HOM

BIG CITY, LITTLE THINGS

1

名漫畫家推薦文

# 轟隆隆的城市裡，一定有很多等著被說出來的故事。

《王牌大賤諜》第一集裡，主角奧斯汀不小心殺死無名反派時，出現了一段吐嘈的片段：「狗腿的家人會多傷心、狗腿的朋友會多傷心。」雖然是搞笑，但是在那時我意識到了：對！每個人都應該有故事、有生活，有屬於他的難關跟快樂啊！

再理所當然的事，在處處是英雄的漫畫世界裡，卻是非常難得一見。當然，能被說出的故事不一定值得被看，人生的波瀾不過是真實生活的流水帳，當你真的要花費力氣去說一個故事，你為什麼要說一個既沒有跌落谷底，也沒有飛上雲端過的人的故事呢？

可是雜魚也有雜魚的人生啊！

記得電影《蘭花賊》中，電影編劇身分的主角，在江郎才盡時去聽了編劇大師的課程。課中他問大師，他沒有靈感寫出動人劇本，編劇大師嚴厲的對他說：「每天這世界都有事情發生……有人愛上某人，有人失去愛，有人即將做某種決定……若你找不到這些事物，那你對生活真是一無所知。」對啊！漫畫也應該如此，我們的成長背景、壓抑的小島上、轟隆隆的城市裡，一定有很多等著被說出來的故事，許多漫畫開啟了我們無邊的幻想，不代表我們不能回頭看看身邊。

「中年失業的無用大叔」、「失去雙腳的男人」、「沒才華的美術大學生」看似沒有希望的人、結局失敗的人、未來艱辛的人，也許都是小事，也許漫畫真的應該去做些真實生活做不到的事，也許跟世界的某個角落正在承受巨大痛苦的人比起來，這些故事只是沒有起伏的流水帳。

但是它能感動人，感動一樣在這島上，沒有危機也沒有轉機，卻每天下著各種決定，期待改變的人。在你心中留下一點「什麼」，然後任其發酵，也許世界會改變呢。

——搖滾貓

# 我們住的城，正因為小故事不斷所以得以存在。

認識ＨＯＭ是在三年前了，當時她拿著《大城小事》的稿子，眼神發亮的說著她的概念，我腦中浮現出一部部的紙上電影。

三年後，紙本電影上映了。

《大城小事》這個書名下得很貼切。我總認為每個人身上總是帶個一顆、兩顆或數顆種子，到了一個地方生了根長出了故事，故事和其他的故事相遇、連結、碰撞、蔓延。靠著這些故事流轉，城市的發條才得以運轉。腳下走過的地磚，輪子壓過的馬路，和野貓躲雨的騎樓，陸橋下的籃球框，你將指紋重疊在另一個剛留下指紋的電梯按鈕……這些不經意、不起眼的小事，作者都轉化成溫暖城市的故事。

ＨＯＭ是一個感觸纖細，觀察細微的女孩，在聊天中可以感覺她是個清楚自己要創作什麼、要用什麼風格表現的作者。這一點我覺得很正確，本來不同題材就需要用不同的表現方式來演繹，正因她沒流於傳統的市場性所以突顯出這部作品的魅力。談到她的執行力，我也真的要敬禮。《大城小事》就是她這樣不間斷的在網路上更新堆積出來的作品。

恭喜ＨＯＭ《大城小事》出版。三年前那個帶著故事，騎著打檔機車來的女孩令我印象深刻，正如她的故事也會讓大家印象深刻。

——阮光民

「我們都曾經為了一個人，變成另一個人；或在堅持理想的道路上，走進名為現實的岔路。活著不簡單，挫折再小，對主角來說都成了一場驟變的戲碼。我們該如何面對人生的荒誕，在這大城的小事中，演出最真實的自己？」

——61Chi

「隨著故事一一認識了人物，讓人忍不住在意，希望他們能如願在大城裡努力並依著自己的心生活下去。」

——Sally

「這世上有許多道理，很多時候卻是那些道理讓人喘不過氣。人活著需要的或許只是一份理解，努力翻過複雜看見純粹，是大城小事給予的溫柔。」

——日下棗

「這些故事就像在訴說著我們的人生，如此簡單、溫暖，卻又充滿著難以言喻的巨大情感，我們可以輕輕地看完這些故事，接著，深深的沉醉在我們的人生。」

——黃色書刊

「現代感十足的色調與線條，清新流暢的圖像敘事風格，難得力作值得一看！」

——傑利小子

# CONTENT

欸，文柏安！
什麼？
當你畫得很累的時候啊，就把右手伸出來一下……
像這樣——
你看，我們手掌緊貼在一起時，
辛苦的雙手就綻開笑容了！

「突然回憶起的人」

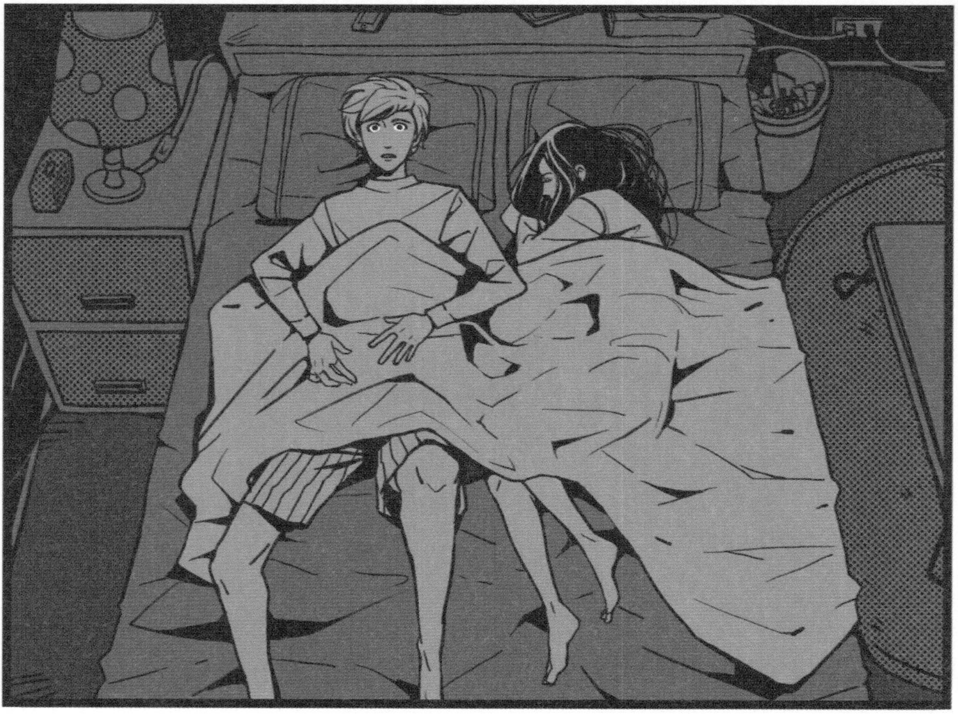

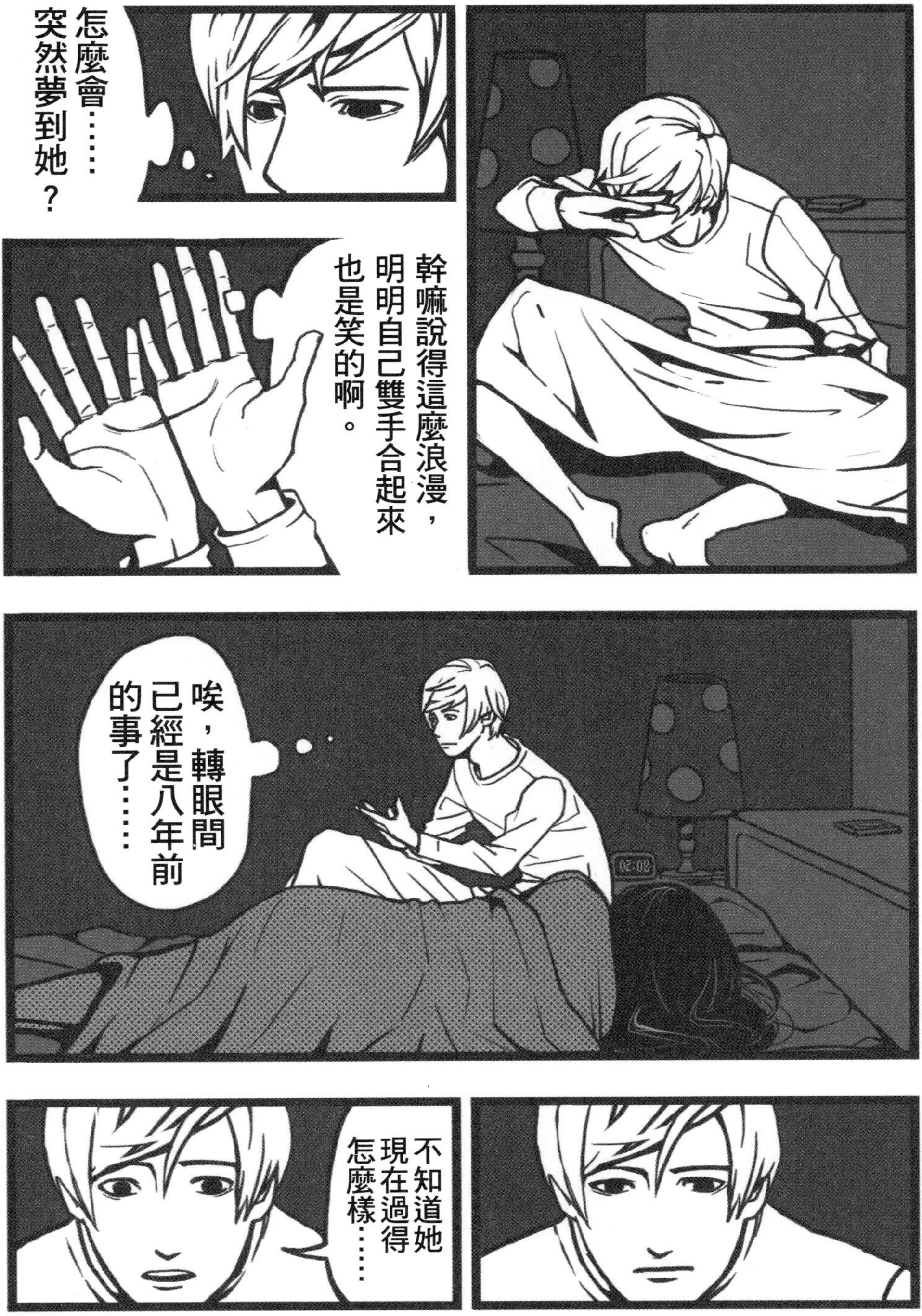
怎麼會……
突然夢到她？
幹嘛說得這麼浪漫，
明明自己雙手合起來
也是笑的啊。
唉，轉眼間
已經是八年前
的事了……
不知道她
現在過得
怎麼樣……

她應該會有臉書吧？
東西有沒有記得拿？唔嗯嗯……
喂！你……
!!!
……
什麼東西？
開個遊戲吧……如果她醒了，就說睡不著玩一下遊戲好了。

搜尋：程……亞妮……
ㄉㄚ
ㄉㄚ
facebook
程亞妮
全部結果
沒有她，
英文呢？我記得她叫Annie。還是英文拼音……都找找看好了！
ㄉㄚ
……都沒有。
反正就算找到也不能幹嘛，睡吧。
TREE CAFE

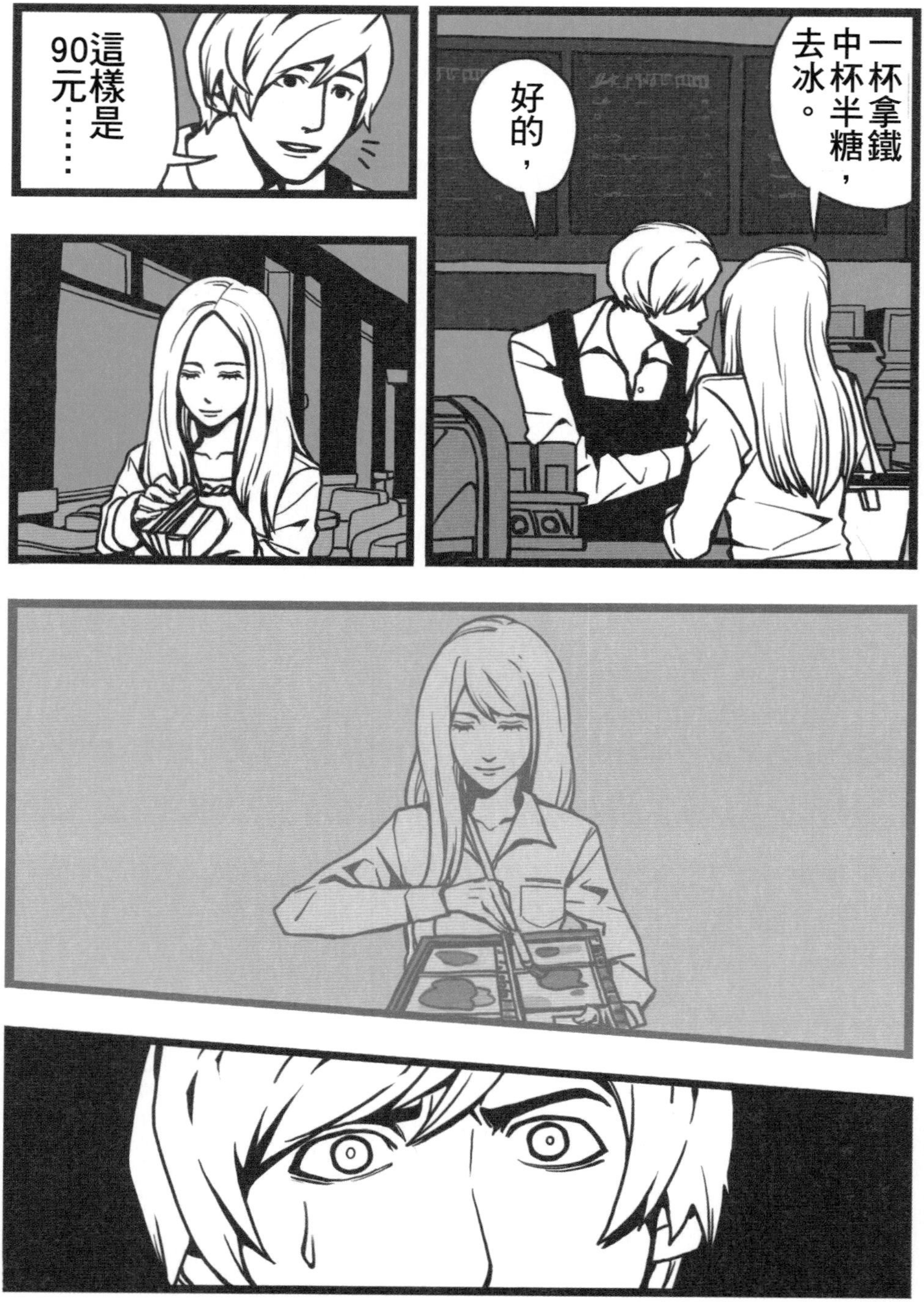
一杯拿鐵中杯半糖，去冰。
好的，
這樣是90元……

……先生？
啊，不好意思！
收您100，
找您10元，謝謝！
先生您好，請問要點什麼呢？
兩杯大的熱美式！

嚇我一跳，我還以為那個客人是她！
不知道她的部落格還在不在？我記得她的帳號是……
……也是啦，都這麼多年了。還是從臉書的朋友圈裡找吧。
是她嗎？……不是、不是、都不是！
03:02
起——床！懶鬼！
昨天沒睡好嗎？
唔……
九點多了，你上班要遲到囉！
09:13
路上小心～

……
好了。
謝謝！
先生，您的咖啡好了。
欸！我點的是榛果拿鐵，你們作成美式了！
啊！不好意思！
呆—

不知道是不是
沒睡飽的關係，
我整天都心不在焉。

然後，
沒由來的
還突然想起了一些小事。

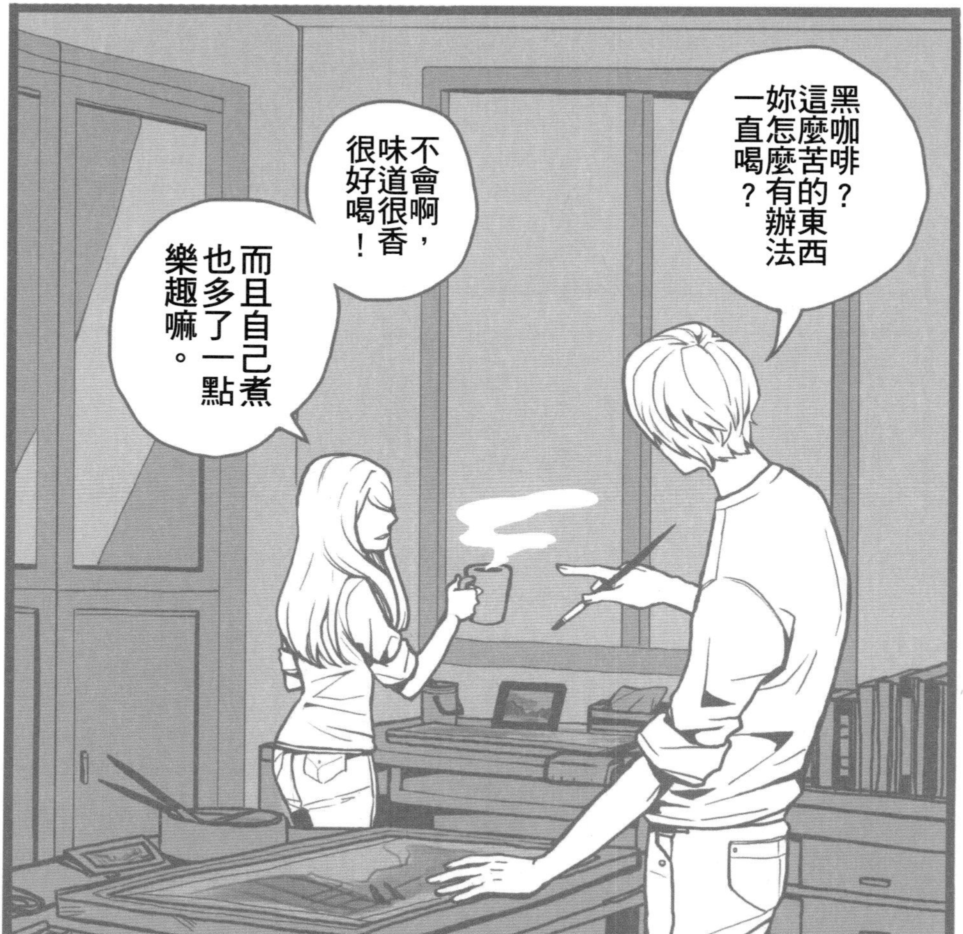
黑咖啡？這麼苦的東西妳怎麼有辦法一直喝？
不會啊，味道很香很好喝！
而且自己煮也多了一點樂趣嘛。

要不要喝一口看看？

因為妳的關係，
我開始學著喝很苦的黑咖啡。

當初明明覺得難以下嚥，
卻為了配合妳的喜好，
為了喝妳親手煮的咖啡，
為了裝作更成熟的樣子，
強迫自己每天都喝，
不知不覺也喜歡上了這個味道。

結果現在我在咖啡店工作，

而妳卻不在了。

對啊，你們有嗎？
我沒有。
我好像有。
真的嗎？給我！
……你要幹嘛啊？
唔……因為好幾年沒有連絡了，只是想問候一下而已。
……
沒特別想幹嘛啦。
什麼！給我！為什麼我都找不到!?
說起來我好像也有加她的臉書耶。
……你還特地去找喔？
喔，沒有啦！稍微……搜尋一下而已。
我回去再貼給你吧。
心裡有鬼。
不要亂來唷，小心我去和你女朋友告狀，哈哈！
就說不會，你們不要一直亂想！

Renee
維維
3 小時前
http://www.faceb
有了！
Renee……
就是她嗎？
facebook
Renee 的相片
回到相簿
上一頁 · 下一頁

她剪了一頭俏麗的短髮。

看著這個叫Renee的女孩笑得燦爛，
我湧起一種說不上來的澎湃感，

但這種感覺馬上就轉換成落寞了。

因為接下來我看到的，
分別是藝博會展覽照、
她的畫作、聚餐、玩樂、喝酒，
以及許多和我不認識的人的合照，

她笑得很快樂的樣子，
好像過得比以前充實。

看著這些照片加上陌生的留言，
我突然間明白了一件事，

## 她早就變成陌生人了。

時間過了這麼久，我真的以為已經不在乎妳了，
為什麼現在回憶卻突然清晰又鋒利的，
一一浮現在我的面前？
心情好悶、好煩……好想念她……好想見她一面。
只要聽聽她的聲音就好……
只要聊個天就好……
決定了，明天找個時間打給她吧。
亞妮
阿林
阿偉

TREE CAFE
咳！咳！咳咳咳！
吵死了！你回家吧！去看醫生啦！
擤——
沒關係啦，反正等等就下班了……
我是怕你散播病毒！快滾！
嗚！
耳鼻喉科
全民健保
對了，快點打電話給她……

嗯……想一下要說啥，問她現在在做些什麼，
然後呢？會不會沒話題？
不管了！先打再說！
亞妮
正在撥號…
嘟……
嘟……
嘟……
嘿！柏安！
啊啊！
咦？狄芬！妳怎麼來了？
因為你生病了啊，怕你暈倒，來接你回家！
不用啦，只是感冒而已。
哈啾！
還好沒接通。
你看看你，幹嘛逞強。剛在和誰講電話？
唔，我老媽啦！

咳
38度，你發燒了！
38.1℃
咳
你先吃藥休息一下吧，我去買晚餐。
好……掰掰。
喀！
咕嚕
唉……為什麼會突然感冒啊？
難道是因為最近都沒好好睡覺？
對了，電話還是沒打，以後再找機會吧。
先睡一下……

滋——滋——
唰——
……妳在煮飯？太難得了吧！
唰——
啊，你醒啦。
可以再睡一下啊，晚點再起來吃。
……
因為外面賣的粥太鹹了，對感冒不好，自己弄比較健康。
滋——

燒退了嗎？有沒有感覺好一點？
有啊，謝謝妳……不過狄芬，我在想，
妳等等要不要回妳家好了，我怕自己傳染給妳……。
那怎麼行，這樣誰來照顧你？
滋——
滋——
可是萬一妳也感冒了怎麼辦？
擤——

有什麼關係，
有你照顧我啊。
做好囉！
啪！

狄芬，我想……
喀
若妳知道我這麼積極的
去聯絡以前喜歡的人，
JACKY
JOE
JOSH
JOE
亞妮
刪除聯絡人
肯定會很難過吧？
按

過去的回憶
不管再怎麼難忘、
再怎麼眷戀，
其實留在心底就夠了。

我現在應該做的
是好好珍惜妳才對。

突然回憶起的人 / 完。

# 「突然回憶起的人」

姑且不論喜好程度，這篇故事對我來說有非常重大的意義，因為是《大城小事》系列第一篇作品。那年我還在新聞業工作當個小資族，當時我說想來畫畫網路連載漫畫，然後告訴朋友劇情時，我只說了：「我要畫一個男生突然想起他以前喜歡的女生，但是他後來覺得應該珍惜現在的女朋友就好。」友：「這聽起來很無聊沒有起伏，你確定要畫嗎？」

當時的我覺得，文創娛樂圈飽和度高，想也知道不缺我的作品，拚畫技拚不過人，拚創意也拚不過人，拚有趣……我完全想不到有趣的梗啊！想想，反正上班族嘛，下班需要生活的出口，就當作抒發小宇宙吧，運氣好的話也許還有少少人會覺得好看，能夠從我故事裡找到共鳴或慰藉，那就是最大的回饋了。就在這種悲觀的積極主義下，開始這系列的創作。

回來聊聊故事本身吧！

人們當旁觀者時可以清楚判斷是非，但深陷其中時卻往往是盲目的。柏安在這篇故事裡遊走在一個隨時可能劈腿的危險地帶，結局之前他也不覺得自己在做什麼荒唐事，甚至進一步合理化自己的行為。作品在網路上發表後，果然有許多讀者反應柏安很壞，但我覺得對伴侶以外的人稍微動心，說是罪過嗎？其實也不過就是人性吧！人性裡都存有野性，野性和社會規範的道德制度本來就有許多地方是背道而馳，至少他在做出對不起女朋友的事情之前，就選擇了道德而不是放縱野性。

此外，在故事中柏安難以忘懷的對象，是學生時代初戀的女孩。這個安排，是想傳達「初戀還是最美」此觀點。我覺得之所以有這種說法，大概是因為初戀時的年紀通常比較小，處理感情的態度會最單純，所以「最美」指的是，在年紀漸長之後，開始嚮往從前最單純的美好心境吧？

# 只認真畫過一次的人物設定

因為是第一篇，想說人物設定應該是一定要的，結果後來每一回故事都處於稿子畫不完的窘境，加上故事主角路人感濃厚，後面的人物設定就這樣被我都省略了（汗）。

## 文柏安（24）

177cm　9/15日生

本篇男主角，
優柔寡斷、念舊，
在咖啡店打工的社會新鮮人。

## 李狄芬（23）

160cm　7/1日生

柏安的女友，
個性體貼婉約。

BIG CITY
LITTLE

我要她的電話和臉書！
這件事後來不知道怎樣了？
叭噗叭噗──
古早
冰
叭噗──
是叭噗！
啪！

維維，妳幹嘛？
沒、沒什麼……
「陳稜路上」
剛剛的叭噗聲，
瞬間喚起了我小時候在彰化的記憶……
呼！

老家旁邊有我們常當作祕密基地玩樂的車棚和小空地，
另一邊則是胖叔叔開的一間小柑仔店，
商店
柑仔店就像天堂，有我喜歡的口紅糖和足球巧克力。

叭噗——
叭噗叭——噗
這個聲音，就是每天下午最期待的！
越過柑仔店後是條十字路口，四個轉角分別有四間小歇，
泡沫紅茶 Tea Time
走到對面——
就能買到婆婆的叭噗了！
好吃冰淇淋 2球10元

草莓加花生，
永遠吃不膩！

好幸福噢！

國中開始為了學習畫圖，離開彰化老家。
記得啟程時的心情是……我要成為大藝術家！
啪噠！
最好是這麼簡單啦！
從學校畢業之後才發現，
現實有多讓人無力！
畫圖這個專長，連好好存個錢計畫未來都難……

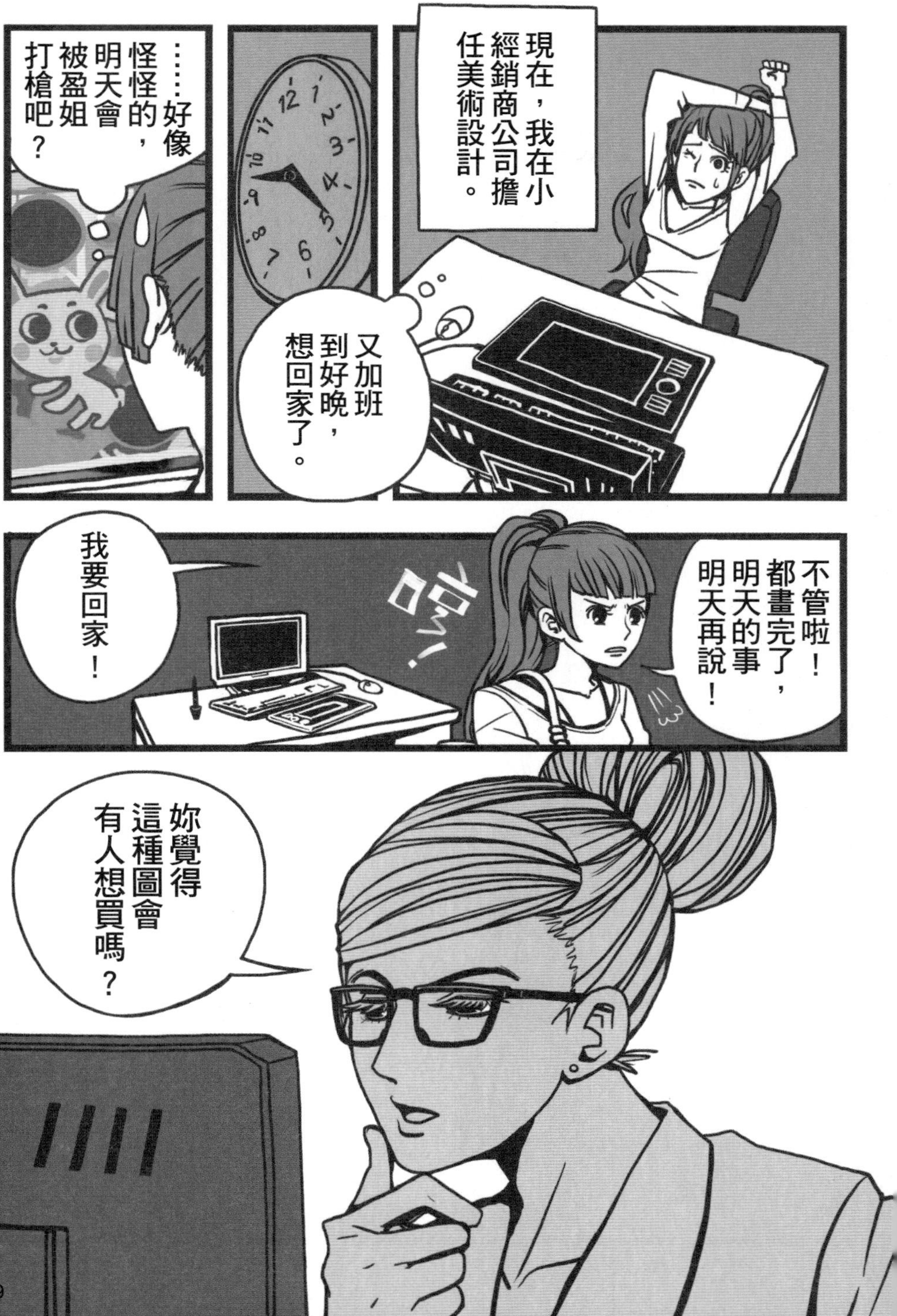
現在，我在小經銷商公司擔任美術設計。
又加班到好晚，想回家了。
……好像怪怪的，明天會被盈姐打槍吧？
不管啦！都畫完了，明天再說！
我要回家！
妳覺得這種圖會有人想買嗎？

好絕啊……
咻—咻
這……
我問妳，妳自己看一看有沒有發現少了什麼？
唔……顏色不討喜嗎？
不只，構圖不流暢，沒什麼設計感，總之不吸引人。
這些書讓妳帶回家看，好好吸收，明天要把圖改好，去吧！

DESIGN BOOK
喂。
維維啊，最近好不好？
還可以啊……
工作順利嗎？畫圖有沒有更進步？
呵，媽，別聊畫圖了！

媽我跟妳說，我突然發現臺北也有在賣叭噗耶！
叭噗？
好懷念、好想吃喔！記不記得小時候我每天都吵著要吃？
唉唷……要吃冰淇淋，去7－11就有更好吃的啊！
還有什麼摳死凍啊，叭噗又沒有比那些好吃！
是cold stone啦！
唉唷……只是吃個懷念嘛！
好啦，工作加油，有沒有缺什麼要媽寄上去的？
不用啦！臺北什麼都買得到哇！
有空要回來喔！掰掰！
媽媽
好～掰！

還是不行，聽好！
是！
這個產品的重點是在這裡，
叭噗叭——噗！
然後妳畫的……
……妳可以專心一點嗎？
對對、對不起……

……大概就是這樣，下班前改好。
沒問題！
……唉，好！
維維，加油！

BEST FINE ART GALLERY
啊
竟然睡著了……而且還這麼晚了！
去7-11就有更好吃的啊！
說的也是。

謝謝光臨！
媽媽～我想吃冰淇淋！
不行，回家快點洗澡睡覺，明天我們要去動物園欸！
耶～

媽媽！妳看！我今天畫畫比賽拿全校第一喔！
優勝
彰化市
哇好棒喔～那媽媽明天帶妳去劍湖山玩吧！
耶咿～！
我們以後一定要成功！
絕對不能放棄夢想！
無
顧
藝
反
衝
我想起來了，
從前畫畫真的帶給我好多夢想、好多快樂、
好多珍貴的回憶……

對以前的我們來說，
最重要的事情不外乎是
認真畫圖和好好念書。

最艱難、最頭痛的，
也不過就是白紙上的考題，

好像除了這個之外，
我們什麼也不怕。

好不容易長大了，
成功的擁有一份畫畫的工作，

卻發現這個社會，
跟小時候大人告訴我們的
根本不一樣。

你們不斷告訴我：
追求夢想是最重要的！
堅持不放棄是最重要的！

那為什麼我的畫筆
在別人的指使下成了工具，
夢想也變成了沉重的負擔？

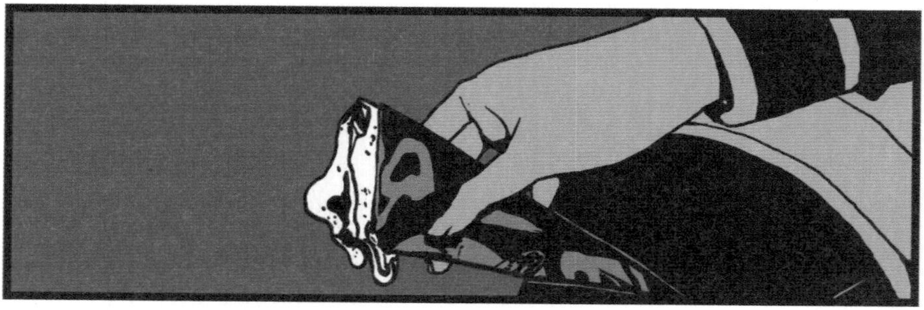

我的初衷究竟去哪裡了？

好累、

好想放棄。

這邊處理得有點粗糙，
還有標題字不夠顯眼，
再調整一下吧！
好。
叭噗
叭噗叭——噗！
專心！專心！
維維，

妳要吃冰嗎？
我請妳吃，順便幫我買一個梅子的。
謝謝盈姐！我馬上去！

婆婆！我好久沒有吃到叭噗了！好高興噢！
古早味
冰淇淋
哈哈，我也剛上來臺北賣，以前都在彰化啦！
好巧！我也是彰化人！搞不好我小時候買過妳的叭噗喔！
古早味
冰淇淋
真的喔？我都在八卦山下到陳稜路附近賣。
我家就在陳稜路上！

這麼有緣！
那阿嬤多給妳幾個分給同事吃好不好？
謝謝！但不用啦！婆婆你賺錢很辛苦，而且……
謝謝您讓我嚐到童年的味道！

買個冰幹嘛笑成這樣？
因為剛剛賣叭噗的婆婆和我一樣是彰化人耶！
吭？這樣就開心囉？彰化人口很少嗎？
不只這樣啦……盈姐，
謝謝妳請我吃冰！
還不是因為妳一副沒吃會死的樣子。

雖然生活中難免有些失落，
但是……
很多事情
其實沒有自己所想的這麼糟糕，
所以沮喪的心情
就讓它停留在昨天吧！

再修一點點就完成了，加油吧。
好！

這傻妞應該沒有在上面吐口水吧？
盯—

陳稜路上／完。

# 「陳稜路上」

剛畢業投入第一份工作時，通常會是對社會最充滿理想、對未來人生最有抱負的年紀，但正因如此，有些人會不適應突然變成大職場裡的一顆小螺絲釘，別人要你幹嘛你就得幹嘛，努力把自己磨成公司期許的樣子，日復一日過著無趣的生活，好像把滿腹的熱情和創意丟棄了一樣，這是一個夢想與現實最衝突的階段。當然，過了這段徬徨的時間，人們後來總會找到最適合自己的生存模式。

故事裡提到的陳稜路，車棚和雜貨店，以及四間小歇（泡沫紅茶店，臺灣七、八零年代很流行）都是當年真實存在的，我對這條路有著深刻的童年回憶，但如今人事已非，我老家拆了，也不住彰化，想著想著有些說不上來的遺憾，所以就讓它變成故事橋段，畫出來以紀念我的童年吧。

單純稚嫩的社會新鮮人維維，和銳利的女主管盈姐形成很有趣的對比。乍看盈姐很刁鑽，但縱觀全局，在職場上倘若能碰到願意教導你、提升你專業能力的上司，其實是一種幸福啊。

盈姐的藍本是我以前一位女同事，長得漂亮、綁著大包包頭載著大眼鏡，形象精明幹練，當然她也答應我把她漫畫化。後來這角色露臉率也不低，仔細想想我根本要付她肖像權的費用吧？

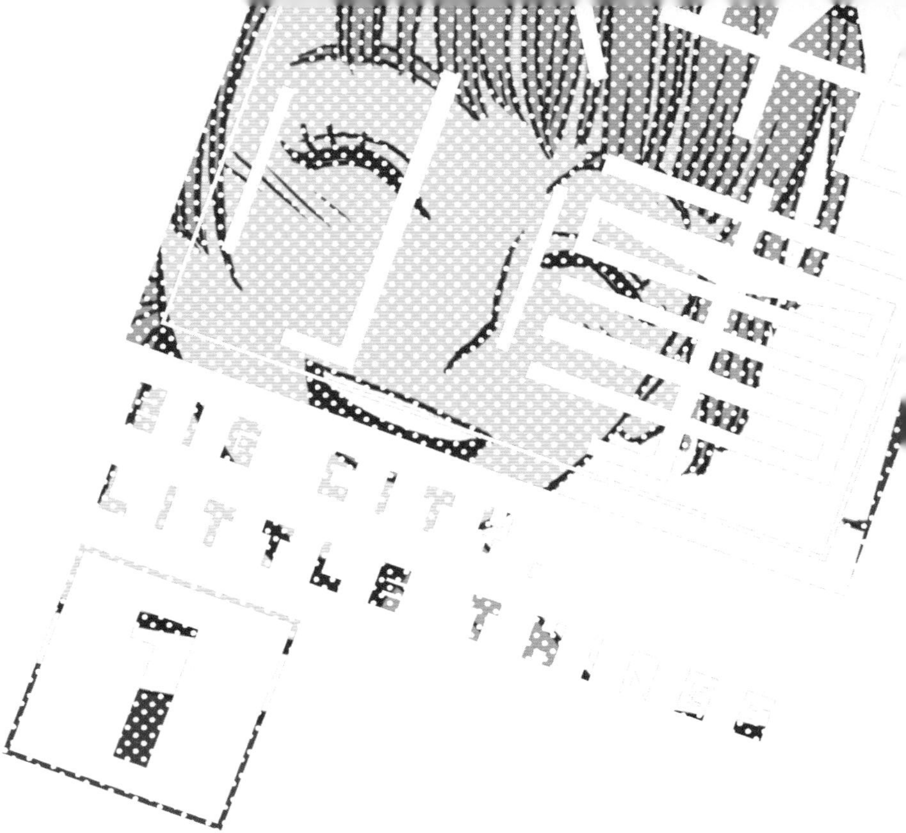

先生！
先生！
我以為我會死
哈
哈
有意識嗎？
啊
幸好，
死神沒有帶走我，但……
快快快！
這裡！
我的人生卻
從此徹底改變了！
真正的考驗，
是災難之後
才要開始吧？

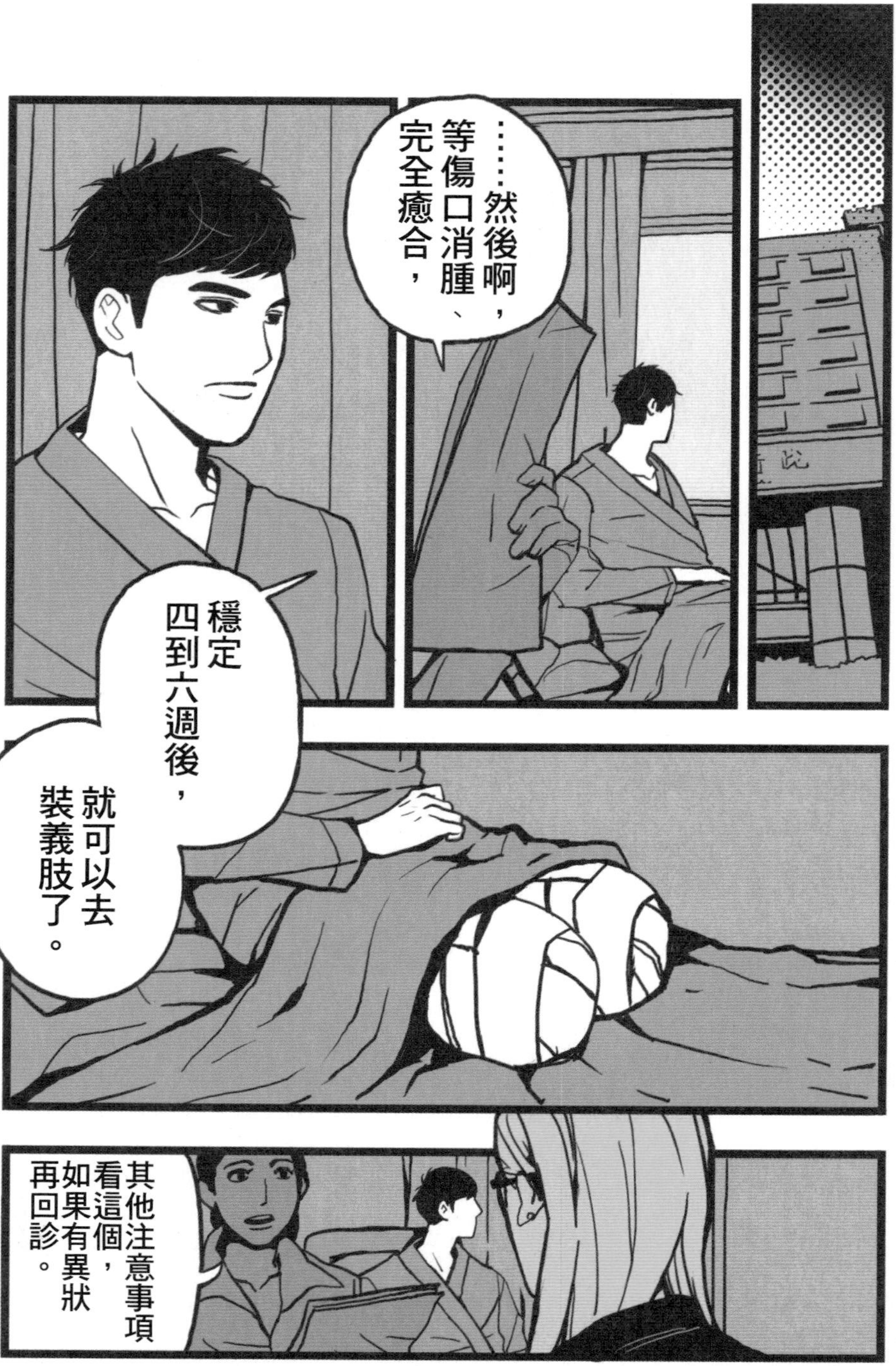
……然後啊，等傷口消腫、完全癒合，
穩定四到六週後，就可以去裝義肢了。
其他注意事項看這個，如果有異狀再回診。

「災難之後」
好，謝謝。

碗我來洗就好了，
妳快去上班吧！
沒關係的。
唰唰唰！
辛苦了！
掰掰。
佩盈看起來冷冷的，實際上很乖呢。
咔！
媽，她很好啦！
只是話少，個性比較沉穩而已。
鈴鈴

耀捷！聽說你出院啦！
恭喜啊，什麼時候聚聚？
嗯……
我幫你拿。
傷後來怎麼樣？
要先休養一段時間，到時再約你們。
好啊！保重喔！
耀捷！最近好嗎
聽說你腳受傷了希望你……
你還好嗎？

……
咚!

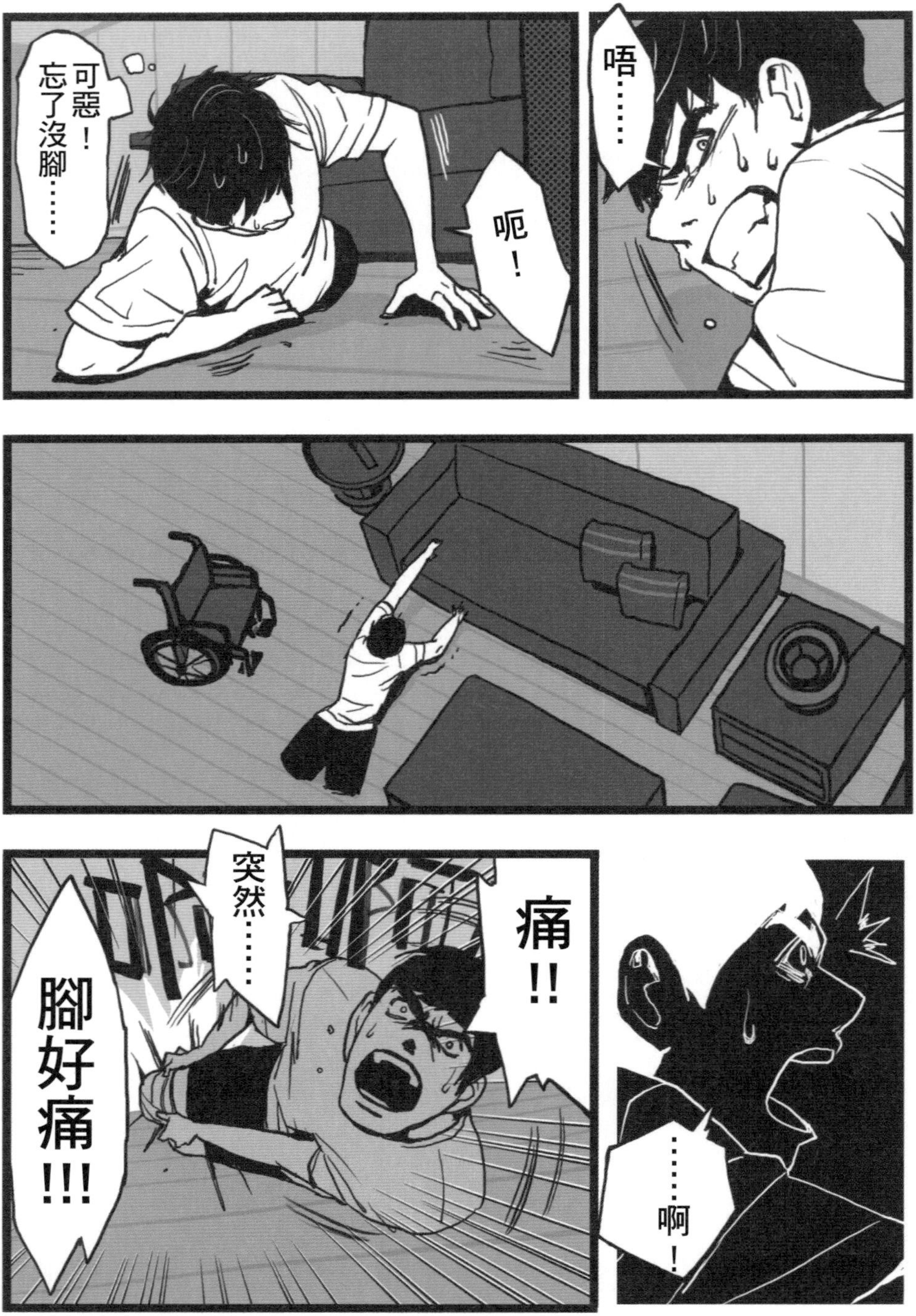
唔……
呃！
可惡！忘了沒腳……
……啊！
痛!!
突然……
腳好痛!!!

你可能還會在已經截肢的腿部位感到疼痛，
這種現象稱為幻肢痛，
通常幾個禮拜後或裝完義肢就會慢慢消失了。
馬的!!!
也太痛了吧!!!
吁、吁
耀捷！
呼！
吁
吁
你啊，不要勉強，要去哪我抱你，
你不能自己行動！
吁
吁

你在幹嘛！要拿什麼我幫你拿！
復健要做確實喔！
嘖，好煩！
混帳！
為什麼……
要上廁所嗎？我帶你去。
我會變成這樣!?
傷口有好點嗎？
……有吧。
妳呢？最近公司有沒有什麼事？
很順，沒意外的話，不久後會升遷。
真的嗎？

好厲害！
所以常加班，
對不起，沒能早點回來陪你……
別在意我啊！好好把握，妳真的太棒了！
妳的人生，直線往上，

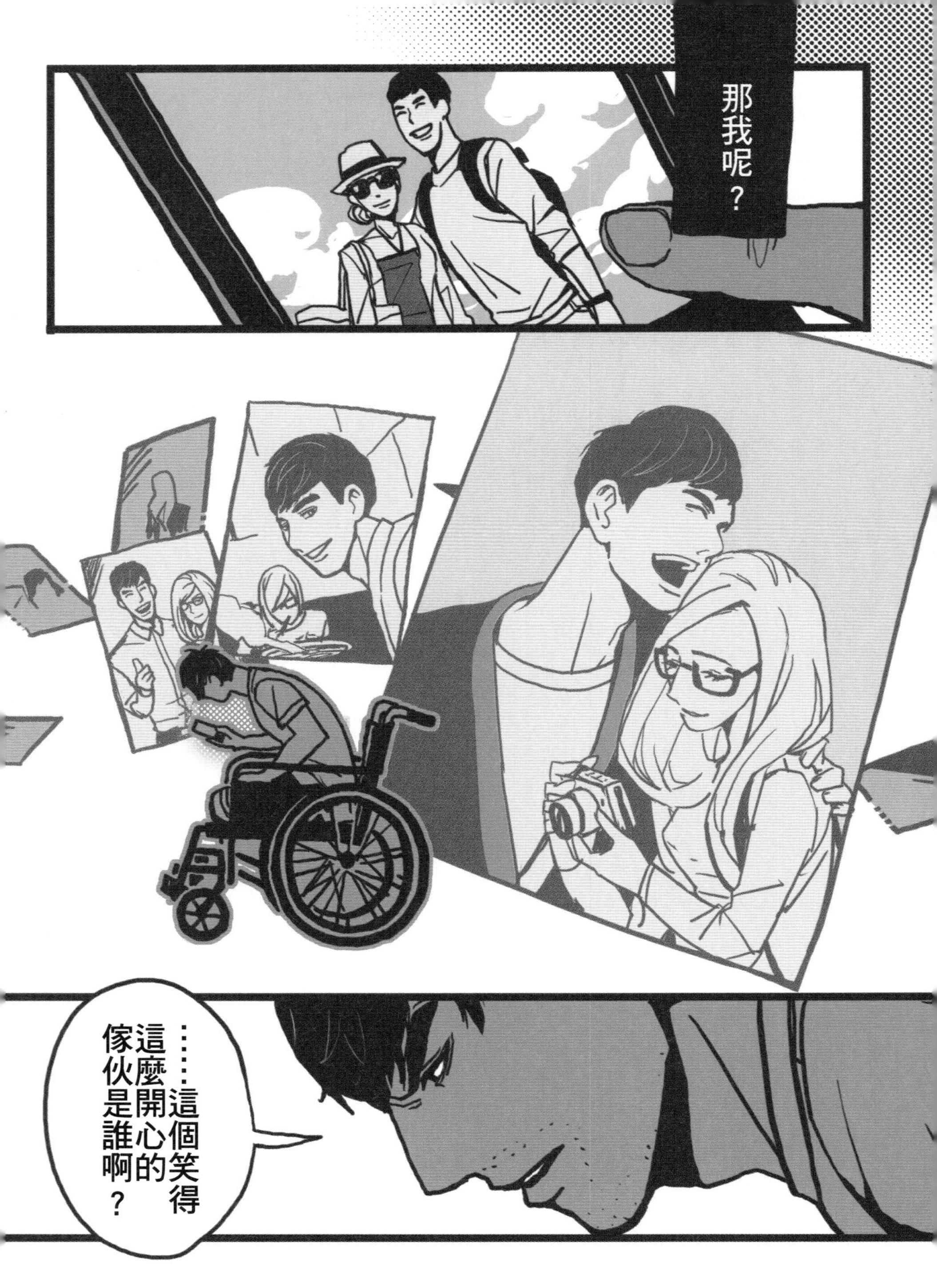
那我呢？
……這個笑得這麼開心的傢伙是誰啊？

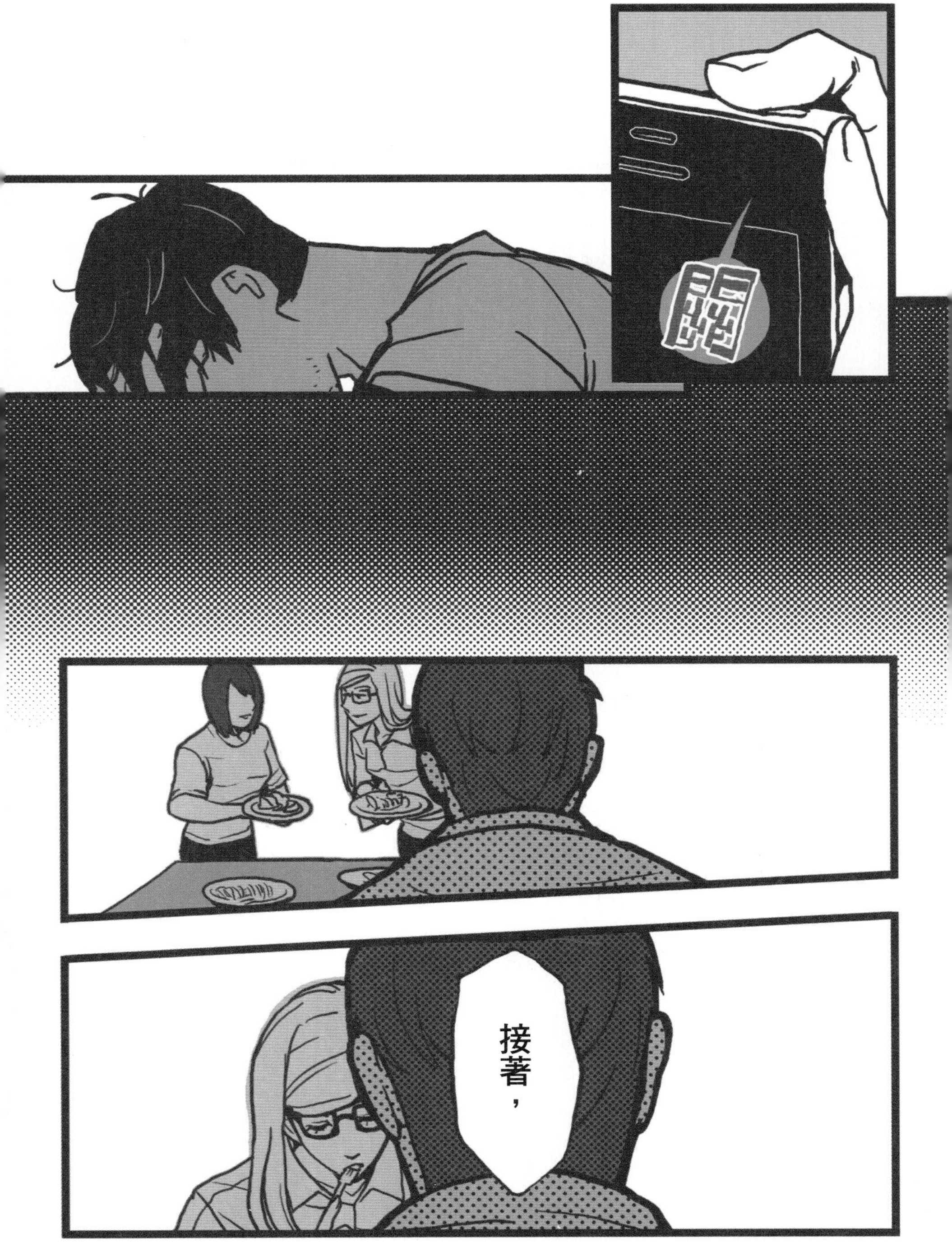
關
接著，

妳升上了主管，
意氣風發，事業愈做愈大。
真的！
盈姐真的太可靠了！
加班或應酬，每天晚歸。
就算是假日也……

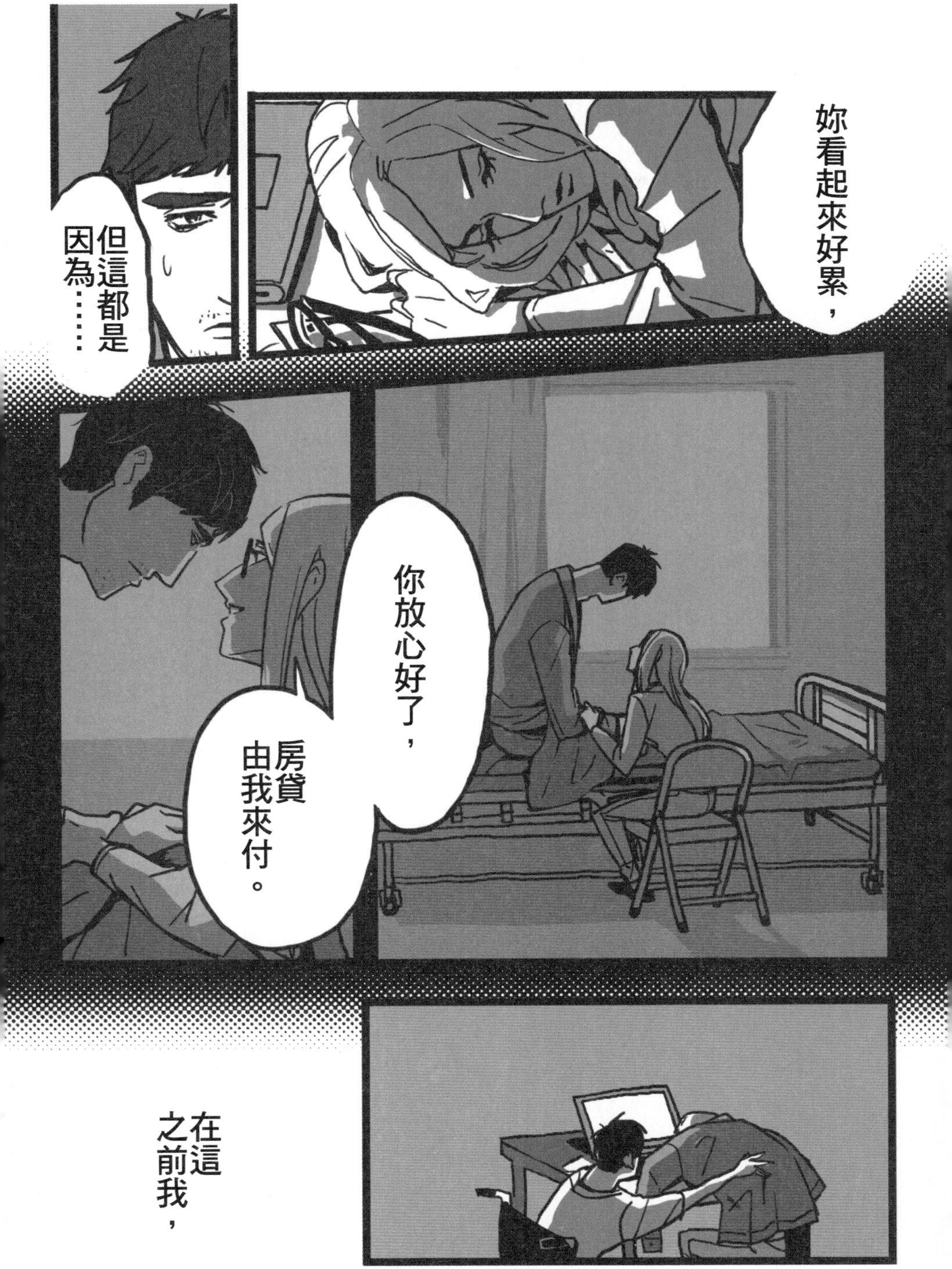
妳看起來好累，
但這都是因為……
你放心好了，
房貸由我來付。
在這之前我，

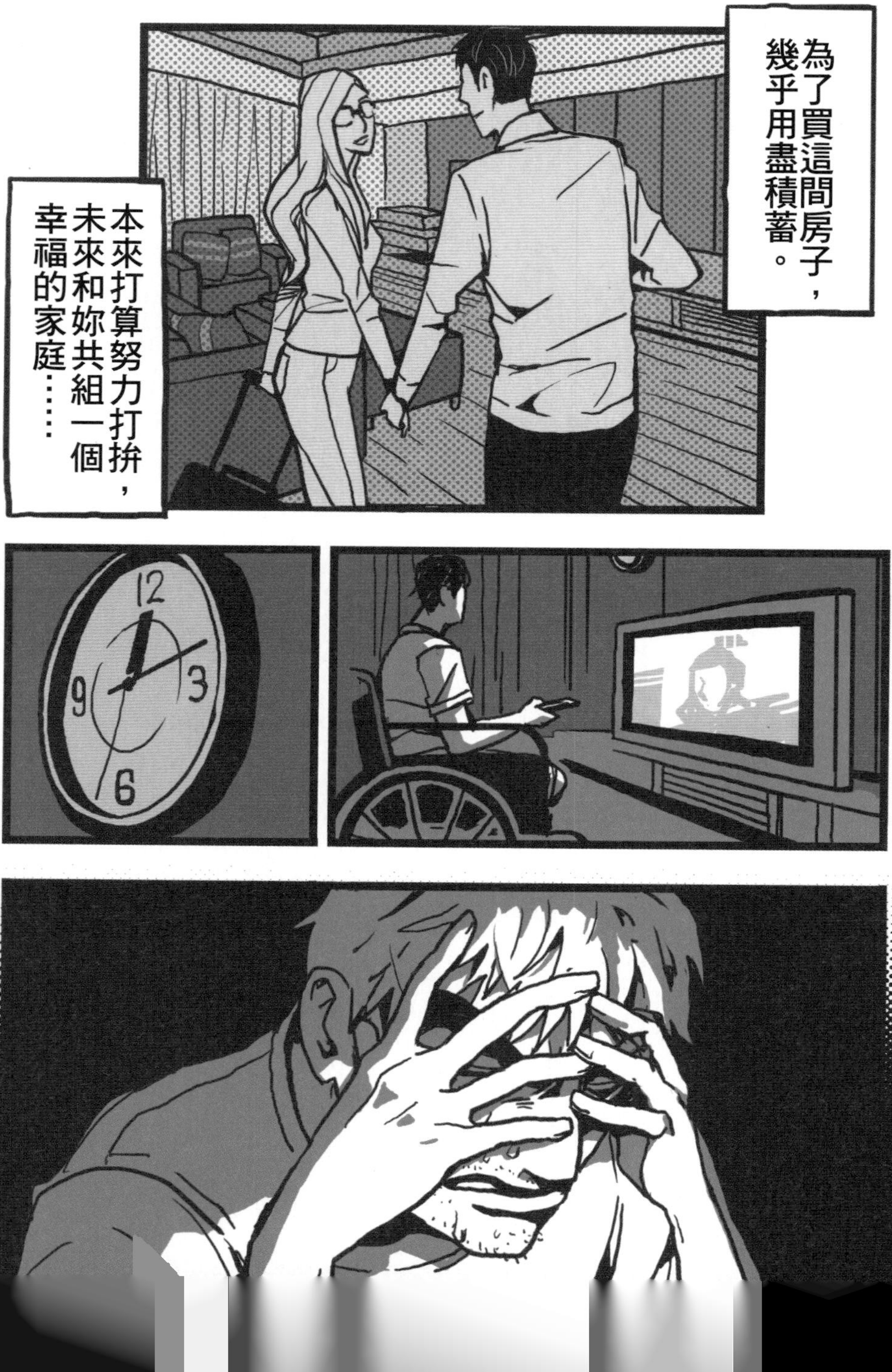
為了買這間房子，幾乎用盡積蓄。
本來打算努力打拚，未來和妳共組一個幸福的家庭……

佩盈，
有一天也會換我們吧？
不會。
唔啊!!!
因為你嘻皮笑臉的。
只是因為嘻皮笑臉才說不？

不……
看看你……

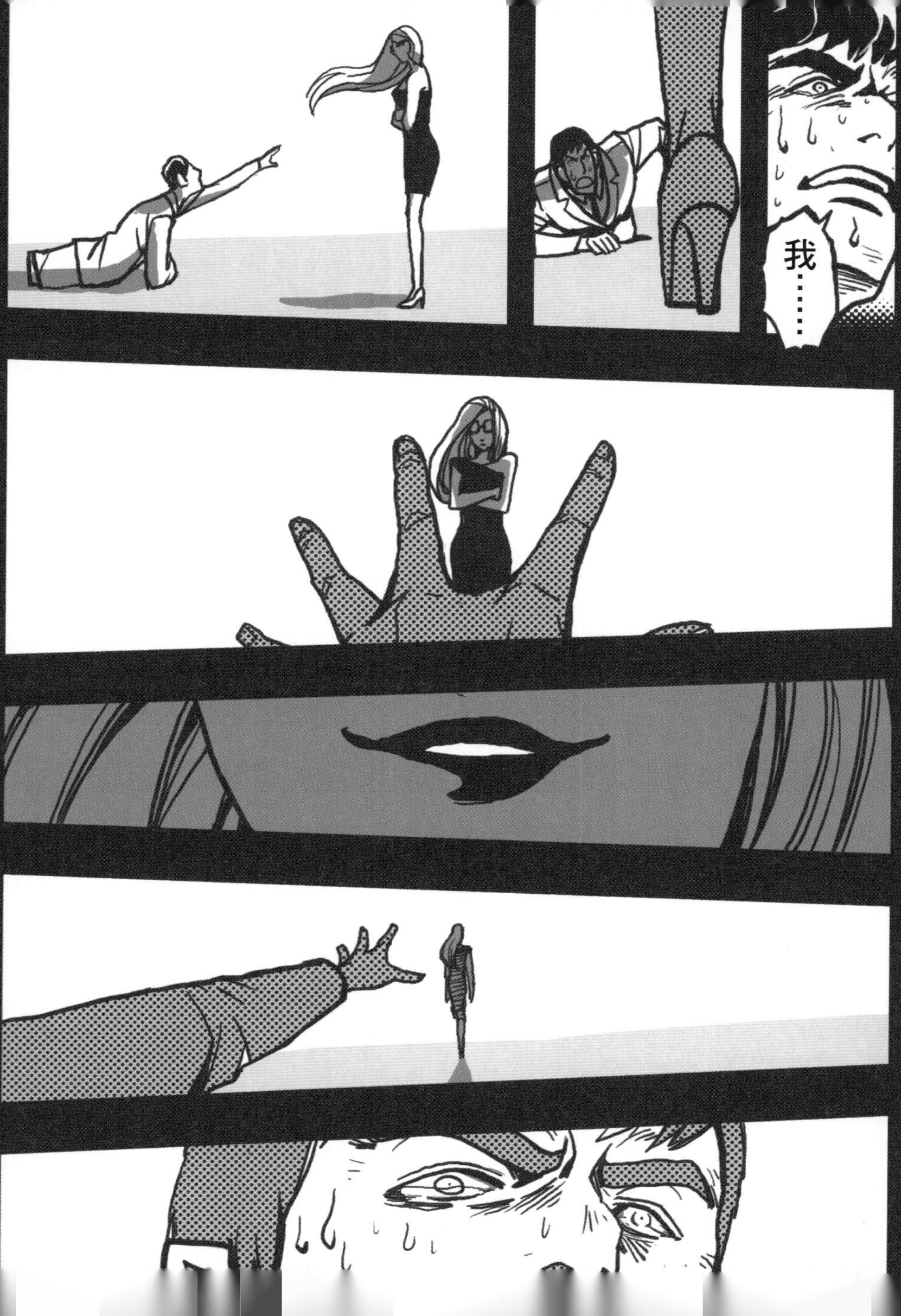
我……

唔啊啊啊!!!
耀捷！
啊啊！
啊啊！
我的腳好痛！
啊啊啊啊啊!!!
傷口嗎？
不是！是我的腳！
我的腳！
幻肢痛嗎？我幫你拍一下！
呼……
呼……
……佩盈呢？
在做早餐。
拍拍

下禮拜找一天去裝義肢吧。
……不用吧。
義肢這麼貴，而且裝了也無法好好走路，
何必花那個錢？
聽說有很多人經由訓練，可以走得跟正常人一樣。
太難了。
……耀捷，我知道你很難接受這一切，
但我還是希望你可以嘗試看看。
這個週末我爸媽想來看看你。
不要！
你需要勇敢面對。
我這個樣子？會嚇到妳爸媽吧！
我是說……

你要勇敢面對自己。
你可以慢慢來，但仍得努力過自己這一關，好嗎？
我先去上班了。

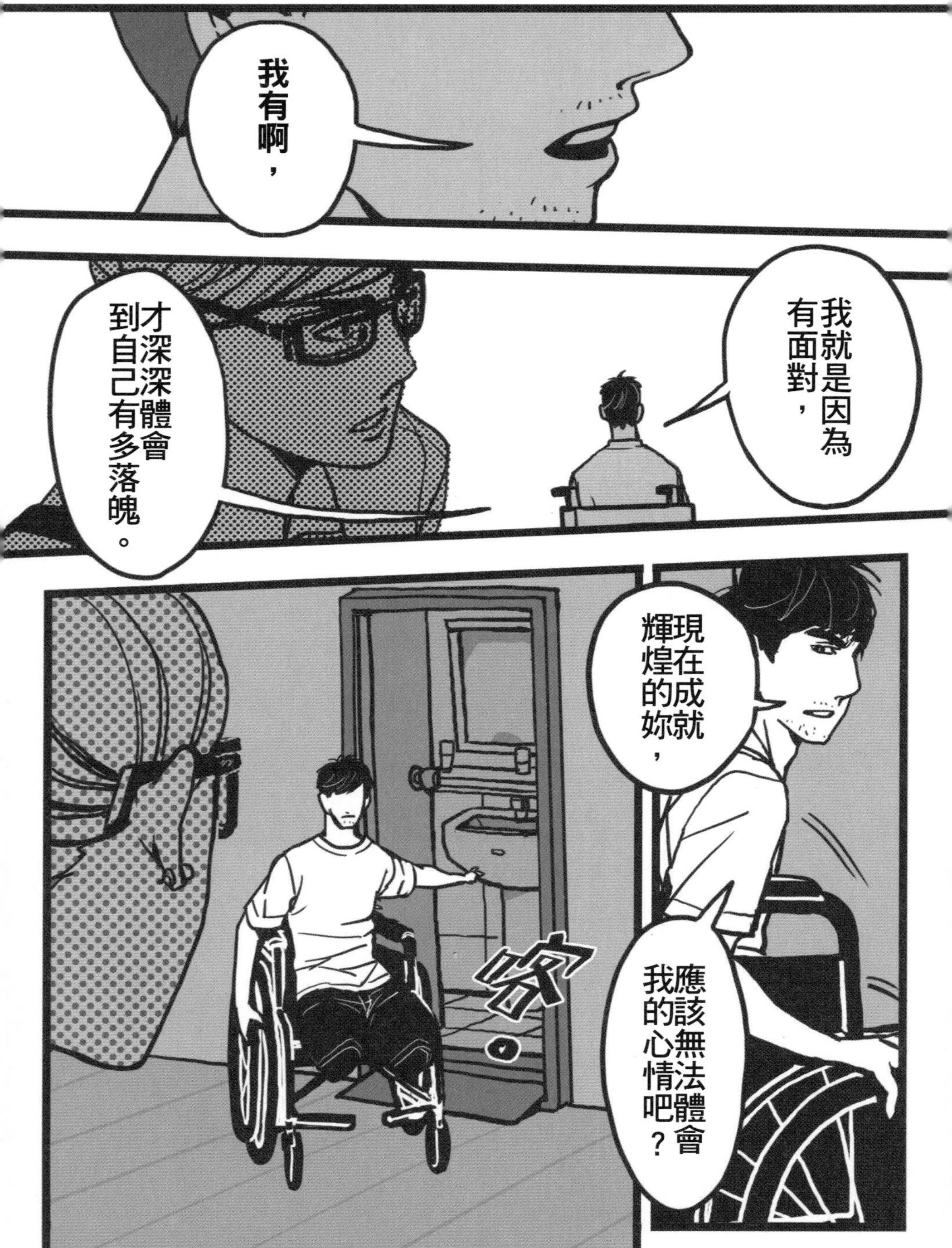
我有啊，
我就是因為有面對，
才深深體會到自己有多落魄。
現在成就輝煌的妳，
應該無法體會我的心情吧？
喀。

雖然我很謝謝妳不離不棄的照顧，但老實說……
我現在已經是廢人了，
妳真的不需要因為道德和責任感……
就勉強自己留在我身邊。
妳記得嗎？
在我受傷之前……

我們早上都會站在這面鏡子前，一起刷牙再去上班。
然後我現在連照都照不到！

耀捷！不要這樣，很危險！
喀喀
我！連這麼簡單的事情……
喀
喀喀喀
滑!!

耀捷！
……連這麼簡單的事情……

……都辦不到啊……

……我無法給妳幸福，只能當妳的累贅，
妳值得更好的人生，找更好的人交往……
……我會把房子賣了，然後……拜託妳離開我吧……

如果換作是我受傷，你會怎麼做？
我會照顧妳一輩子。

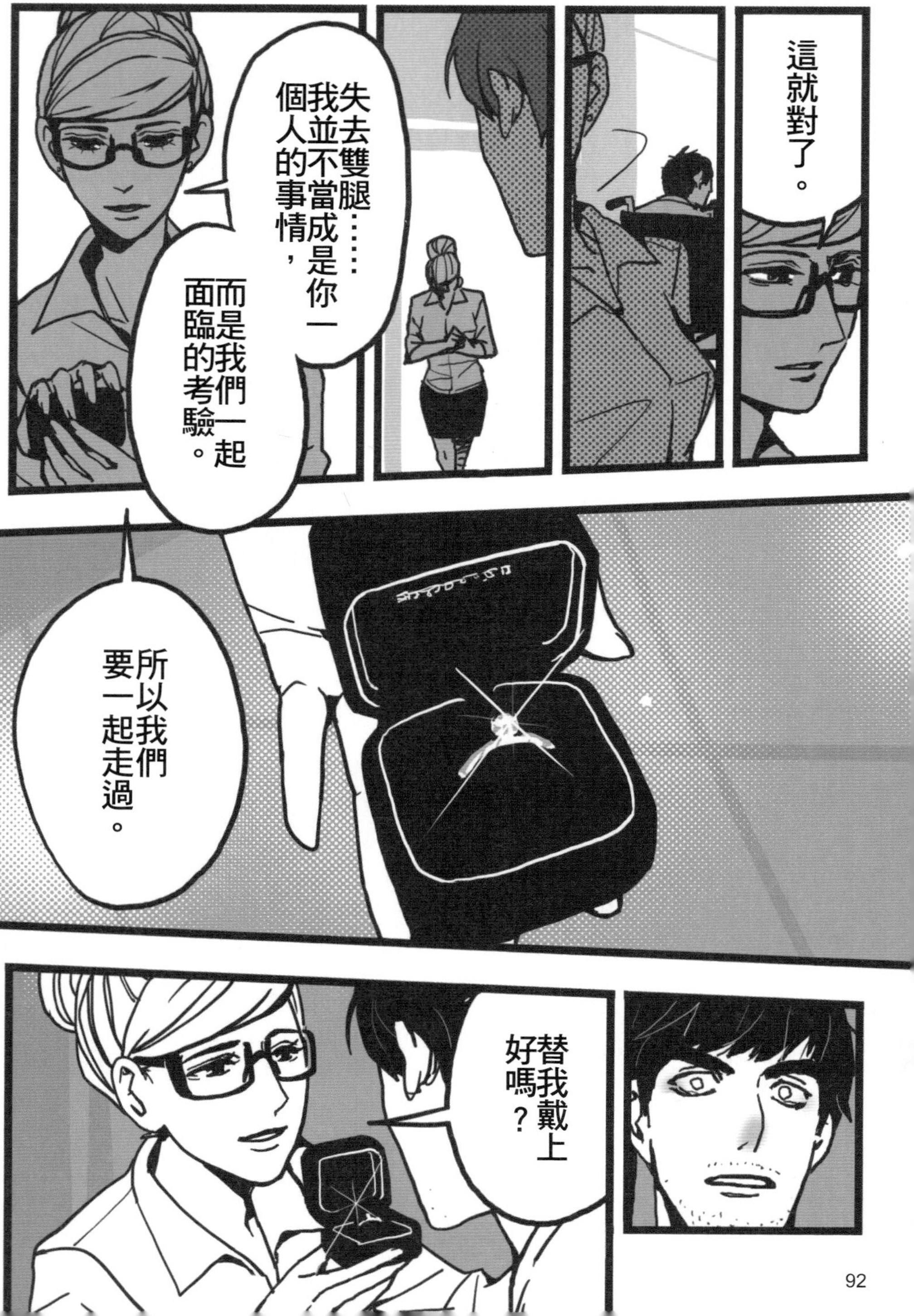
這就對了。
失去雙腿……我並不當成是你一個人的事情，
而是我們一起面臨的考驗。
所以我們要一起走過。
替我戴上好嗎？

哇啊!!
砰!
耀捷，沒事的，跌倒很正常……
我知道，沒什麼！再走一次，
我一定能很快恢復正常生活！
佩盈，我們真的很謝謝妳，
其實妳就算離開……我們也不會怪妳的，
畢竟以妳的立場，要和這樣的人繼續生活，實在是太辛苦了。

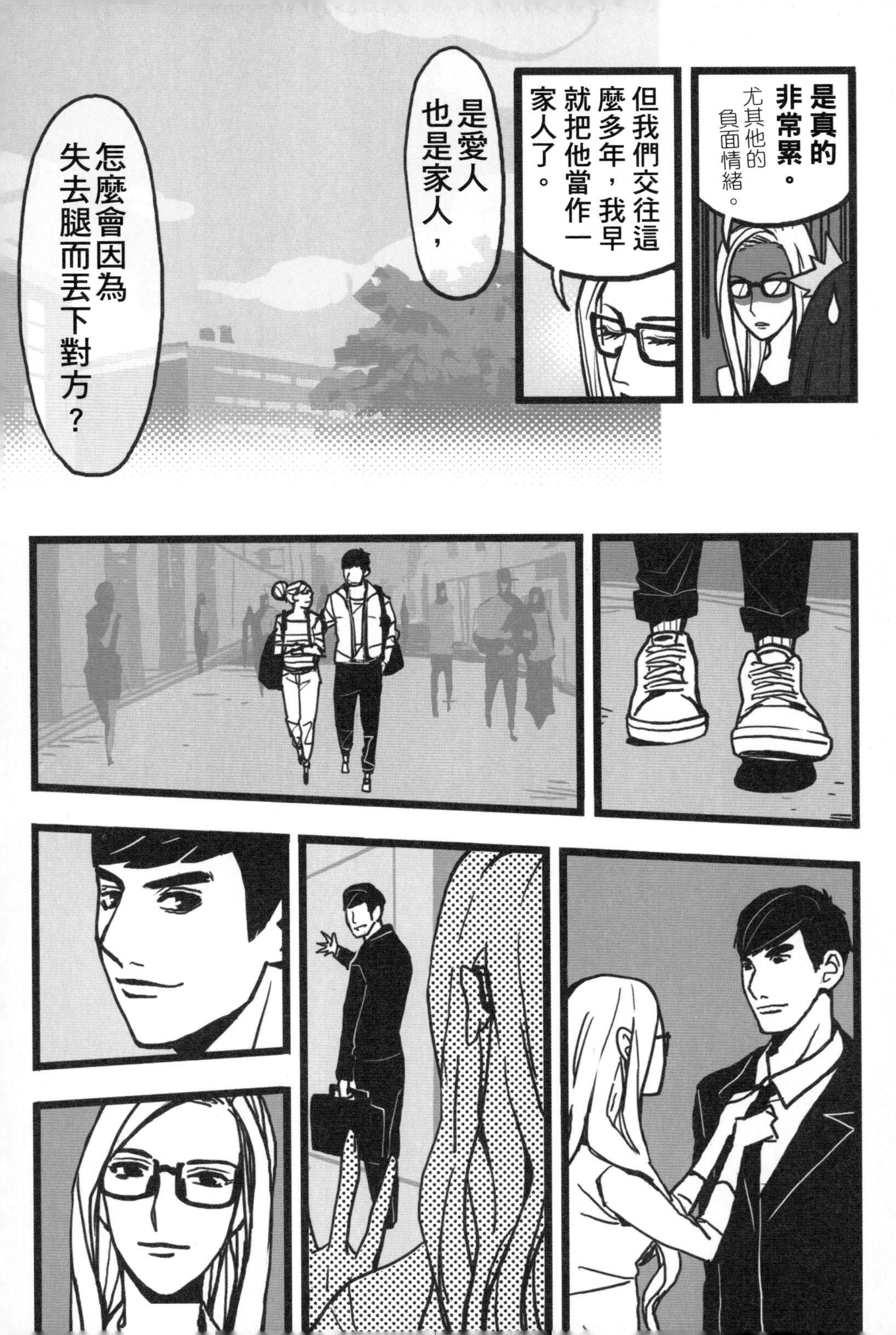
是真的非常累。
尤其他的負面情緒。
但我們交往這麼多年，我早就把他當作一家人了。
是愛人也是家人，
怎麼會因為失去腿而丟下對方？

災難之後／完。

## 「災難之後」

聽說在那個人變得一無所有的時候，仍義無反顧留在身邊的，才是真正的愛。

姑且不論你認不認同這個說法，我想這是一個值得探討的話題，總之我把這句話當作一個出發點來發想這篇故事。照顧者的辛勞、病人的身心創傷、情侶間身分落差劇變而延伸出的自卑心理，這些是故事裡最想表達的三個部分。

雖然本篇是漫畫創作，但社會上確實有許多處於長期抗戰的病人與照顧者，因為那些病不是短期內能夠醫好，甚至有很多是一輩子都不會好，照顧者需要多努力，內心需要多堅強、多能包容，這些若是沒有親身遭遇過，是無法體會的。就算他們有時會埋怨老天怎麼捨得這樣摧殘，但想歸想，最後還是得回到現實，仍得吞下無聲的淚，承受巨大的壓力和辛勞，繼續無怨無悔的照顧，盈姐這個角色也是用來致上對照顧者的尊敬吧。

當然，我不知道安排這個圓滿的結局能否給人一些鼓勵，如果很榮幸的真的可以，那就會是我創作這篇作品最大的回饋。

此外，這篇故事可以用兩種角度詮釋，第一是殘障者自身的立場，第二則是照顧者的，我選擇使用前者，理由很單純，就是我想保留女主管盈姐冷酷剛強的正面形象，畢竟這篇故事相當沉重，她當主角的話我一定會把她畫得很低潮、很陰暗，硬要畫出讀者陌生的面向，拿捏不好的話，角色設定的性格就會跑掉了。

COMIC BY

……你們要幹嘛？
「偶爾回來」
回去！
啊——幹嘛這樣!?
砰!

我很忙啦，你們去其他地方喝吧！
星期五晚上耶！忙屁！別這麼掃興啦！
死不讓我們進去，裡面有女人是不是？
不錯喔！
沒有！
什麼!?
嗨～裡面的小妞～要不要一起喝酒啊？
北七喔妳!!!
怒!
好啦好啦，噓——不要太大聲，快點走吧你們！
蛤——我們不會太吵啦！幹嘛趕我們？
我怕吵到鄰居啦！
推推
不然我們去夜唱吧！走！
蛤!?
蛤什麼！你也要來啊
走啦、走啦！
Holiday KTV
Holiday KTV

要命……居然續唱到十點，累死了！
阿政呀，回來啦！
早安阿嬤，這麼早就要去賣叭噗啦？
對啊！
古早味
冰淇淋
對了，這是我昨天買的小蛋糕，給你一些！
啊，謝謝，這怎麼好意思！
很好吃喔，不夠再跟我說。

對，其實就只是因為怕吵到房東婆婆……
才把他們趕走的。
阿政！阿政！
叩叩！
嗯？
你要睡覺對不對？我忘了跟你說……
這是新買的不透光窗簾，對睡眠品質比較好喔。
先把舊的換一換，才能睡得舒服！
這……會不會很貴啊！
沒關係啦！你就用吧！
……謝謝阿嬤！

雖然一開始覺得這樣子很奇怪，
怎麼會跟房東婆婆感情這麼好。
不過阿嬤對我很好，我也很喜歡她，
再說……她會對我這麼照顧，
應該是因為她兒子太忙，很少來看她，
所以很孤單吧。
……說起來我也很少回家。

我回來了——
咔。
顧政旻！你可終於回來了啊。
哥哥 顧欽旻
職業 /CEO
叔叔好！
要不是今天是母親節，不然還真看不到你！
姊姊 顧詩旻
職業 / 醫師
是啊，都快忘記你的長相了。
媽媽 & 爸爸
從臺北搭車下來有沒有很塞啊？
不熟的親戚
哈
哈
阿政愈來愈帥囉！

行李先放到房間去吧，等等要去餐廳囉。
喀嚓
……然後啊，公司就發給我兩倍的獎金！
平常上班也累得半死啊，給點獎勵是理所當然的！
哇！這麼多啊！阿欽你們公司也太好了吧？
哈，哥，那等等你請客齁？
哎呀，有阿欽這樣的兒子，
真的很令人羨慕呢！
嘖。

媽，母親節快樂！
送妳的香奈兒項鍊。
呀謝謝！
CHANEL
阿政呢？有沒有準備給媽媽的禮物啊？
……沒有
CHANEL
我今天也兩手空空，不過……
我下個月安排了一個行程，招待妳和爸去日本玩一週！
哇！阿欽這麼好！哈哈哈！
顧政旻，你也可以一起去玩喔！
拍

沒空去。
怎麼會，不能跟畫室請假嗎？
……我不想為了玩樂請假，
想再努力一點，而且我還有自己想畫的東西。
畫室助教賺那麼少，請個假不會怎樣吧？機會難得喔！
……
出國玩一玩，回來再努力就好啦！
反正我不想去，你們去就好了！
好吧，那就算了。

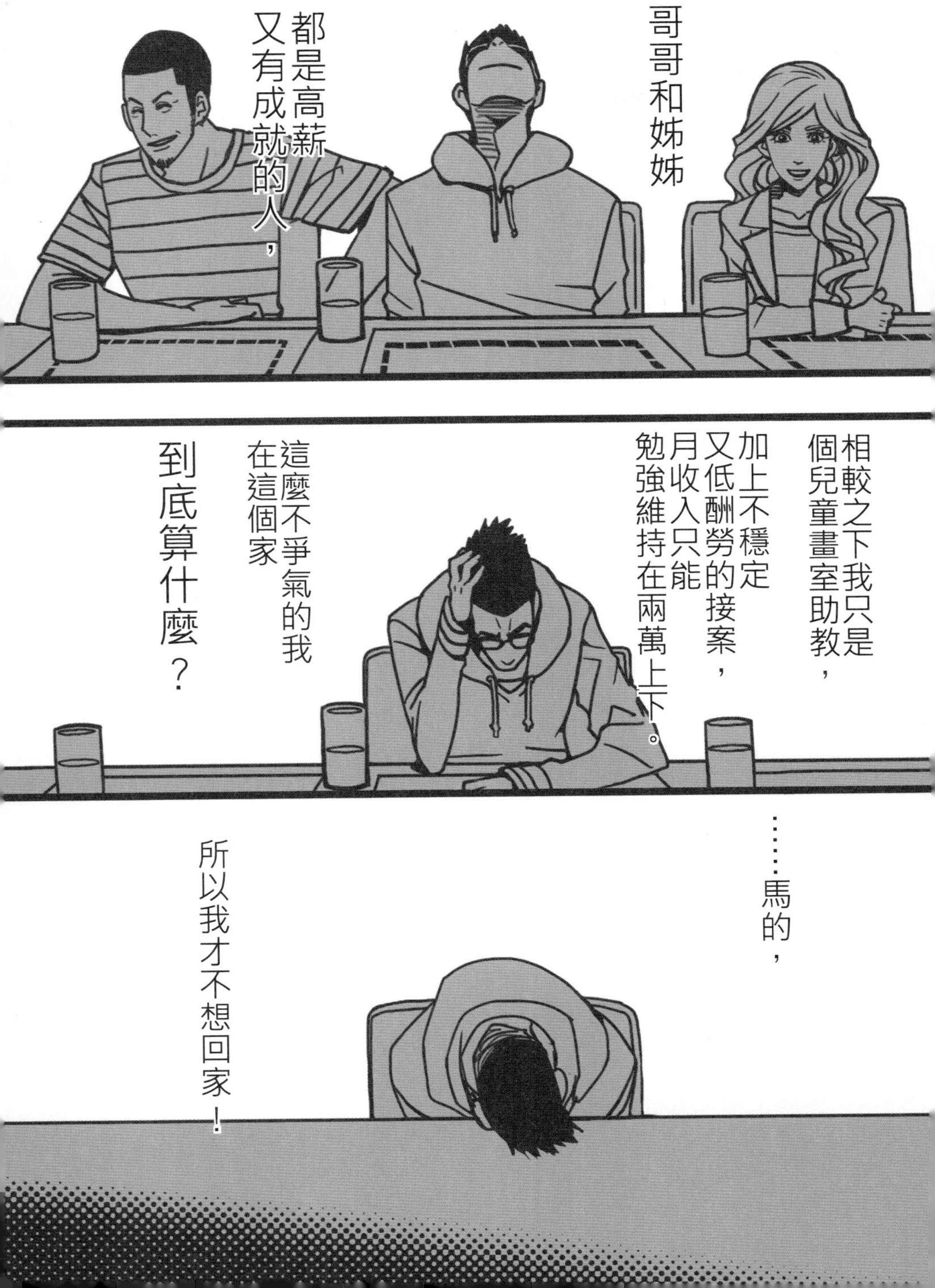
哥哥和姊姊
都是高薪又有成就的人，
相較之下我只是個兒童畫室助教，
加上不穩定又低酬勞的接案，月收入只能勉強維持在兩萬上下。
這麼不爭氣的我在這個家
到底算什麼？
……馬的，
所以我才不想回家！

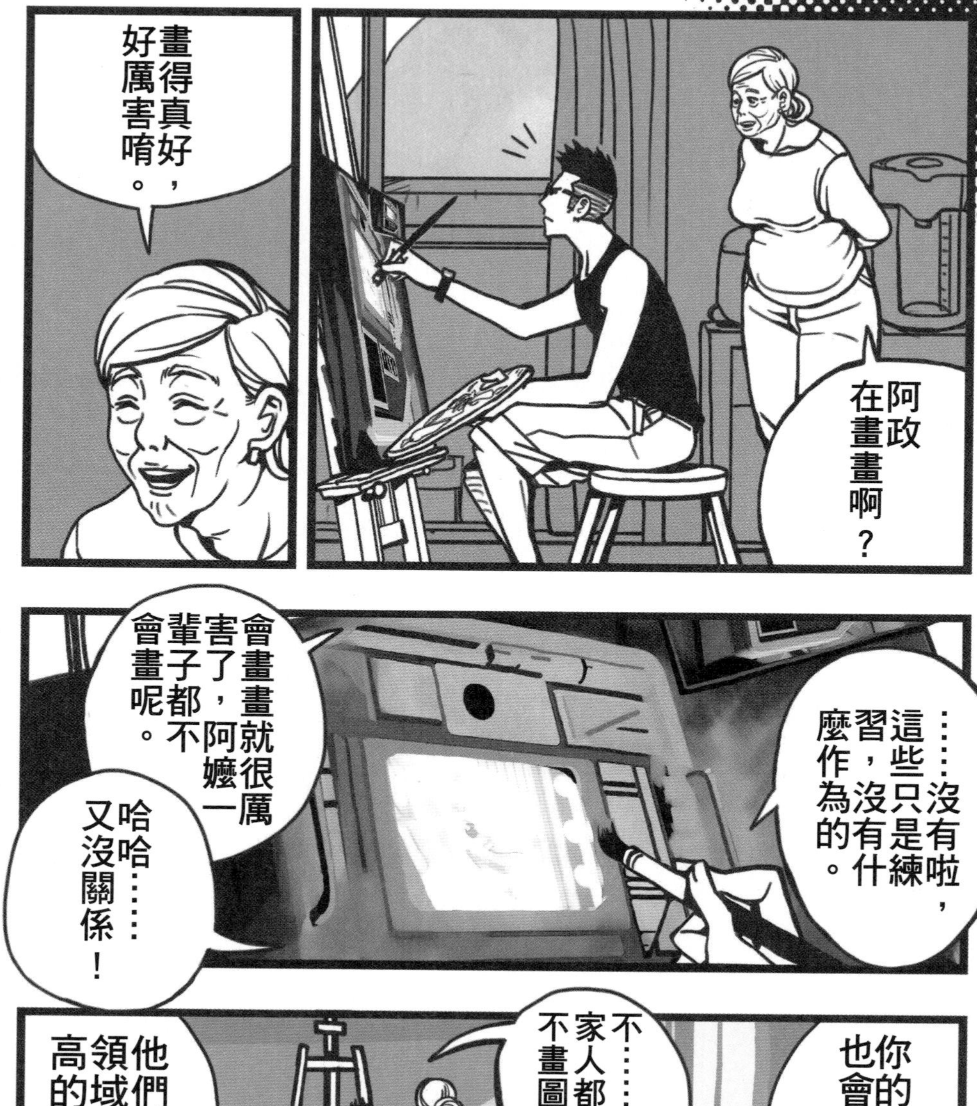
阿政在畫畫啊？
畫得真好，好厲害唷。
……沒有啦，這些只是練習，沒有什麼作為的。
會畫畫就很厲害了，阿嬤一輩子都不會畫呢。
哈哈……又沒關係！
你的爸爸媽媽也會畫畫嗎？
不……我家人都不畫圖的，
他們在各自的領域裡，有很高的成就。

小時候教我畫畫的，是我的阿嬤，
但是她已經過世了。
我很想要在這圈子裡，做出些什麼給她看，
就算她人在天國……
應該也看得到吧？

一定會的。

Z
Z
奇怪，阿嬤這兩天都不在家。她會去哪裡？
……打個電話給她好了。

嘟……嘟……
喂？
啊，你好，請問黃素梅女士在嗎？
我……我是他的房客。
中風住院……？

謝謝你特地來看我母親，等她醒來我會說你來過的。
我們去外頭談吧？
如果需要幫忙，請務必跟我說！
謝謝你。
……你叫阿政吧？

……我竟然連她的房客是誰都不知道，
我怎麼會直到她病倒了，
才驚覺該回來好好照顧她呢……
陳先生，你平常工作很忙吧？
忙啊……好像追著錢跑了一輩子呢。
你知道我和我媽怎麼認識的嗎？
認識？

在我很小的時候，不知道媽媽是誰，也沒見過她。
印象中都是姊姊在照顧我。
姊姊常常牽著我的手，
帶我到工地去看一位阿姨，
她總是滿頭大汗、疲憊的喘息著，
但不管她再怎麼累……

休息的時候都會買叭噗給我們吃。
冰
搬家
後來我們搬家，
就再也沒機會到那工地去，
那位阿姨其實就是我們的母親。
長大後姊姊才告訴我……

我無法諒解我爸為什麼拋棄了媽媽，放她一個人做這樣的粗活，
所以我下定決心要努力賺錢，
以後要把我媽接回來一起生活。
拚了二、三十年，我總算在臺北買了房子，
能讓我媽無憂無慮的生活，
但我卻因為工作的關係必須定居在國外。
有一天，她說生活無聊，想要去賣叭噗……
古早味
冰淇
一定會有很多小孩喜歡吃的，

因為這是你和姊姊小時候的最愛呀！
不是嗎？
她還惦記著我孩童時的事情。
一回神才發現，她老了，也病倒了，
真的很心痛呀。

……反正，我媽真的超煩的啦！
哈哈！
他馬的憑什麼管我！
爽就好啊，管他怎樣！
沒錯！
是是是，不好意思……
嗶
嗶嗶
叩叩叩……

哎呀？
阿政，怎麼難得回家了呢？
唔……我這三天放假，沒事做啦。
咦？老公，你剛打掃過嗎？
……因為我沒辦法像老哥老姊一樣準備什麼好禮物，
不是我，是阿政。
什麼!?

我只能幫忙分擔這點小事……
不過……媽，母親節快樂。
……雖然已經過了。

傻孩子，我沒有想要什麼禮物。
你啊……
再怎麼喜歡畫畫，也別像你哥和你姊一樣累壞了，
還忙到都不回家。
看他們都有了自己的世界，沒有辦法介入……
……其實有時候是很感嘆的。
偶爾回來陪陪我，
就是媽媽最開心的事情了。

偶爾回來／完。

## 「偶爾回來」

這篇因為有穿插支線劇情，就是房東阿嬤與兒子的故事，支線如何串在主線上並讓它成為有意義的橋段，算是一個新嘗試。

阿政跟前面的維維很像，都是對現實和夢想感到徬徨的年輕人，不同的是上一篇重點在事業，這邊則是放在家庭。被長輩拿來跟同輩比較，如果你是比較劣勢的一方，那真的是一件很讓人煩躁的事情啊！覺得別人成就如何跟我沒有關係吧！人都應該被獨立看待才對。

然後關於思鄉，往往是當你在外地奔波很久，汲汲營營，自顧不暇，如果家又住得遠，一年的回家次數手指頭都可能數得出來，每次回家也沒太多時間好好跟家人相處，然後幾年過去了，有一天你回神，才會發現父母臉上多了好多皺紋，而這些痕跡是你沒有相伴在身旁的歲月。

不是說在外地工作不好，畢竟理想工作機會難求，只是希望藉由故事可以傳達，光陰似箭，一輩子沒有多長，不論哪一種感情，相伴都是最需要珍惜也最可貴的平凡幸福吧。

順便一提，阿政的髮型是參考當年林來瘋時期的林書豪。

阿嬤！恭喜出院！
謝謝阿政唷！

1

各位！超級歌手的總決賽，馬上就要開始啦！
是不是很期待她們會帶來什麼樣的歌曲呢？
一邊是甜美可愛的超人氣美女，年僅19歲的蒂芬妮！……
另一邊則是用渾厚的古典嗓音，一路過關斬將的阿嬤……

「阿嬤的歌手路」

兩個月前
阿嬤～我要看卡通！
小翔不可以這樣，阿嬤在看電視！
沒關係啦，阿嬤沒有要看，呵呵！
妳真的很愛看歌唱比賽節目耶。
因為媽很愛唱歌啊！
↑媳婦
是啊，看著看著有點懷念，
當年第一次有合音天使幫我合音時，我還嚇了一大跳呢。
幫我合音？

媽以前是駐唱歌手？
什麼！
你們這些不知好歹的免崽子，哼，看好！
我可是有很多唱片公司搶著要簽呢！
哇……太漂亮了
歲月不饒人……
打扮也很美呢！
呵呵！
那最後為什麼沒當上歌星？

還不是因為嫁給你們爸爸，只好放棄了。
要不是你們，我早就是紅遍大街小巷的大歌星了！
爸……
呵呵！
那何不現在圓夢，
妳要不要報名看看？
超級歌手
SUPER STAR
報名開始！
噗！
唉唷～怎麼可能，你們看上節目的人都這麼年輕，
誰要看一個歐巴桑啊！
哈
哈
哈
哈

來，媽清唱一段吧！
要幹嘛？
怎麼會有這麼專業的設備？
錄下來當紀念，我要跟朋友炫耀說，我媽年輕時是一個小歌星！
哈哈！好啊，那我要唱……
噓
數日後
媽，我把錄音檔寄去報名超級歌手了。
什麼!?
下個月要去試唱，記得練習喔！
!!!?
哈哈哈
比賽須知
驚!!

阿政，你媽雖然嘴巴上抗拒比賽，
但練起歌來，還真是有夠勤奮啊！
每個週末都要唱。
真的，
♪～
呵——呀！
不要小看你媽，她的歌喉喔——
而且她都要找一堆聽眾……
聽一次，一輩子都不會忘！
當年可是當紅炸子雞哪！
追她的男人有如過江之鯽！
所以爸是怎麼追到媽的？
盯

夜來香～
我為你歌唱……
怎麼吃這麼少？
要上電視得減肥啊！
阿嬤妳要去哪裡？
去跑步訓練肺活量！
試唱前晚
怎麼辦？
要穿什麼好？

這件好不好？
很扯，換一件拜託。
啥怪衣服啦！
欸！現代人T恤就可以上臺唱歌，可是我們當年可要盛裝打扮才能表演呢！
媽……明天只是試唱，穿太隆重反而奇怪。
小翔、小翔！
說漂亮！！
說！
阿嬤穿這樣漂不漂亮？

父母明訓
小翔，阿嬤最近不管問你什麼，都要稱讚她喔！
……
漂亮！
真的嗎？
哎呀小翔，說的算，就穿這件！
終於…
呼～

試唱當天

超級歌手
SUPER STAR

想別戀要趁早～就算……
叮！
好，行了，下次再來謝謝。
看起來好嚴格啊！
媽，快輪到妳了……
媽！
下一位。
媽，平常心！平常心！
啊啊啊啊啊啊
我緊張到昨晚幾乎沒睡!!
這不是我的世界!!
都是年輕人，
我要回家!!
媽！換妳了。

大……大家好，
我是王雪。
你們一定覺得很奇怪，都是年輕人，
怎麼會有一個阿嬤來參加海選……因為我……
評審 Nora

這輩子最喜歡的就是唱歌！
深呼吸

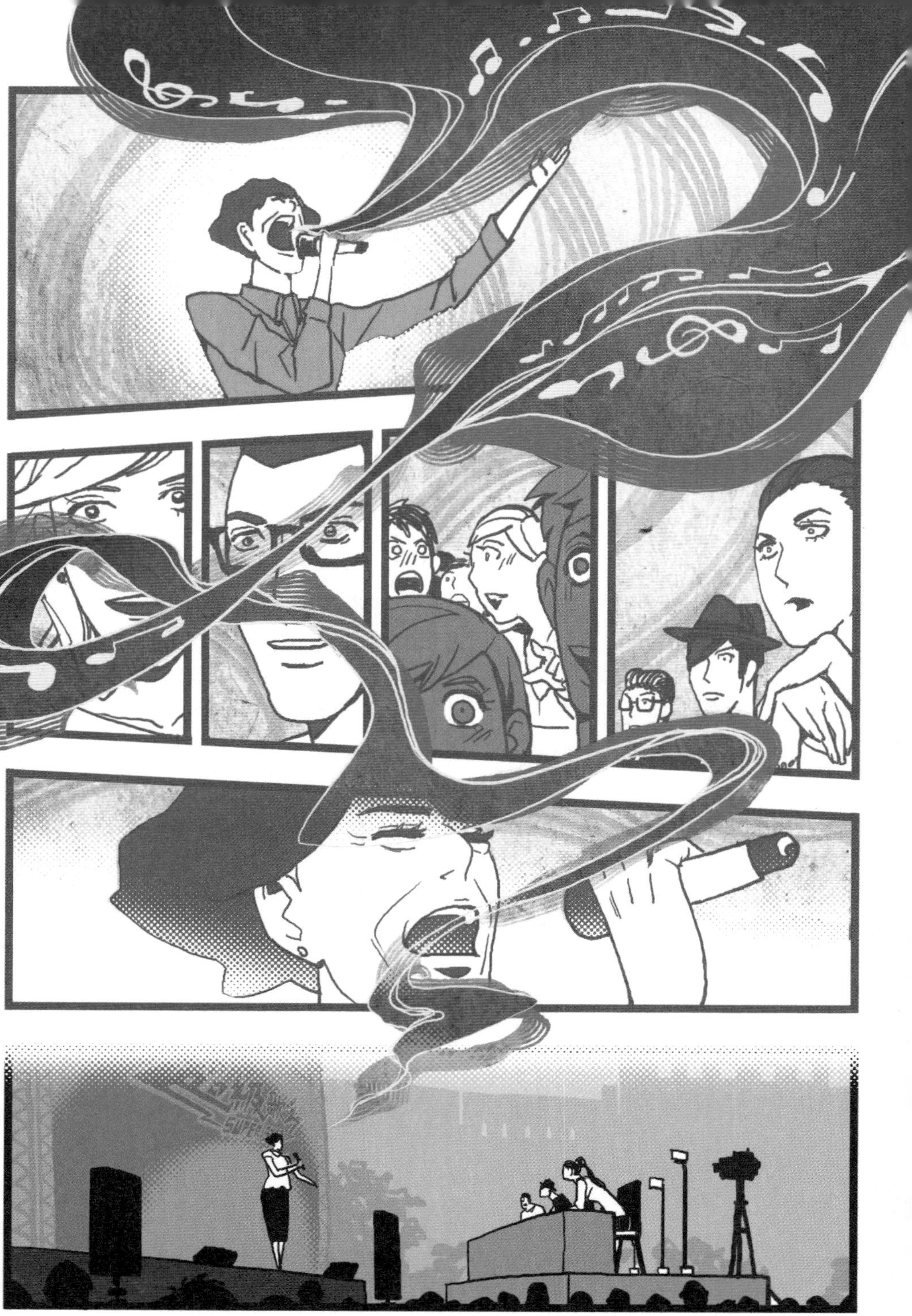

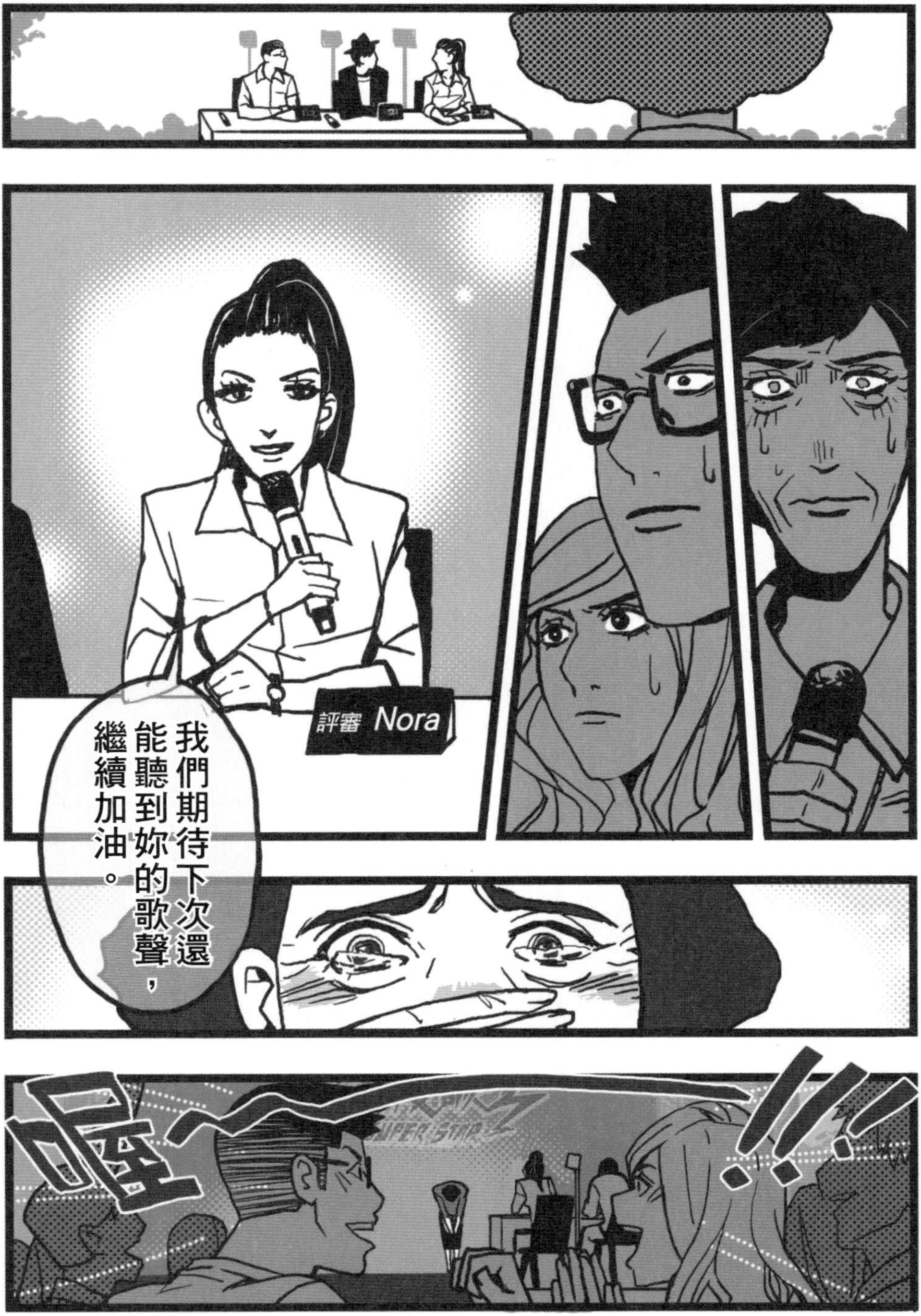
評審 Nora
我們期待下次還能聽到妳的歌聲，繼續加油。
喔

這就是攝影棚！
王雪阿嬤加油!!♥
↑阿公
晉級!

本來以為年齡太大會是一個障礙，
王阿嬤
沒想到反而變成節目的噱頭，引來更多觀眾的注意與支持！
Wow—!!
扎實的功力、獨特的嗓音、濃厚的靈魂唱腔、再加上努力將古典融合現代感，突破自我——
評審和全國觀眾都為之驚豔，
現在！各位觀眾！超級歌手總冠軍究竟是誰呢!?

首先一起來欣賞
蒂芬妮的演出！
嘩嘩…
啪啪
喔哦哦
嘩嘩

咚咚
咚
咚咚
緊接著是……
王雪的表演！

決賽前一週
嘖！電視把我拍得好醜！
不會啦！很漂亮，媽很厲害了。
當然！
就說要不是當年嫁給你爸，我一定會是全臺灣最會唱的女明星！

好啦……妳說過很多次了。
愈聽愈像在怪我們。
本來就這樣啊！
這些是我早該得到的成就！懂不懂！
……
妳在看什麼？
決賽對手的影片，她叫蒂芬妮。
你最愛我沒錯～
……媽，她跟妳完全是不同類型耶！
這個氣不夠，聲音也不穩，
太嫩了！不行！

媽……
她根本沒有實力，還不是靠年輕而已！哼！
怒!!
好啦、好啦！
先來吃飯吧！
媽，這餐咖哩是預祝妳下週的決賽獲勝喔！
哥難得下廚。
我不吃，要減肥！瘦一點上電視才會好看！
阿嬤陪我玩。
不行阿嬤要去練歌。
媽，晚點我們要去租電影……妳要不要一起去。
看電影沒有比我練歌重要吧！

砰!

賽前專訪
王阿嬤為什麼來參加歌唱比賽節目？
哼，我年輕的時候就是小歌手了！
要不是為了當媽媽、為了那些孩子……
我早就紅了！
所以會因為當年選擇投入家庭而放棄演藝事業感到遺憾嗎？
這個嘛……
當然——

不會啊！
王雪！妳要是繼續唱，現在一定不得了！
我現在還是可以唱啊。

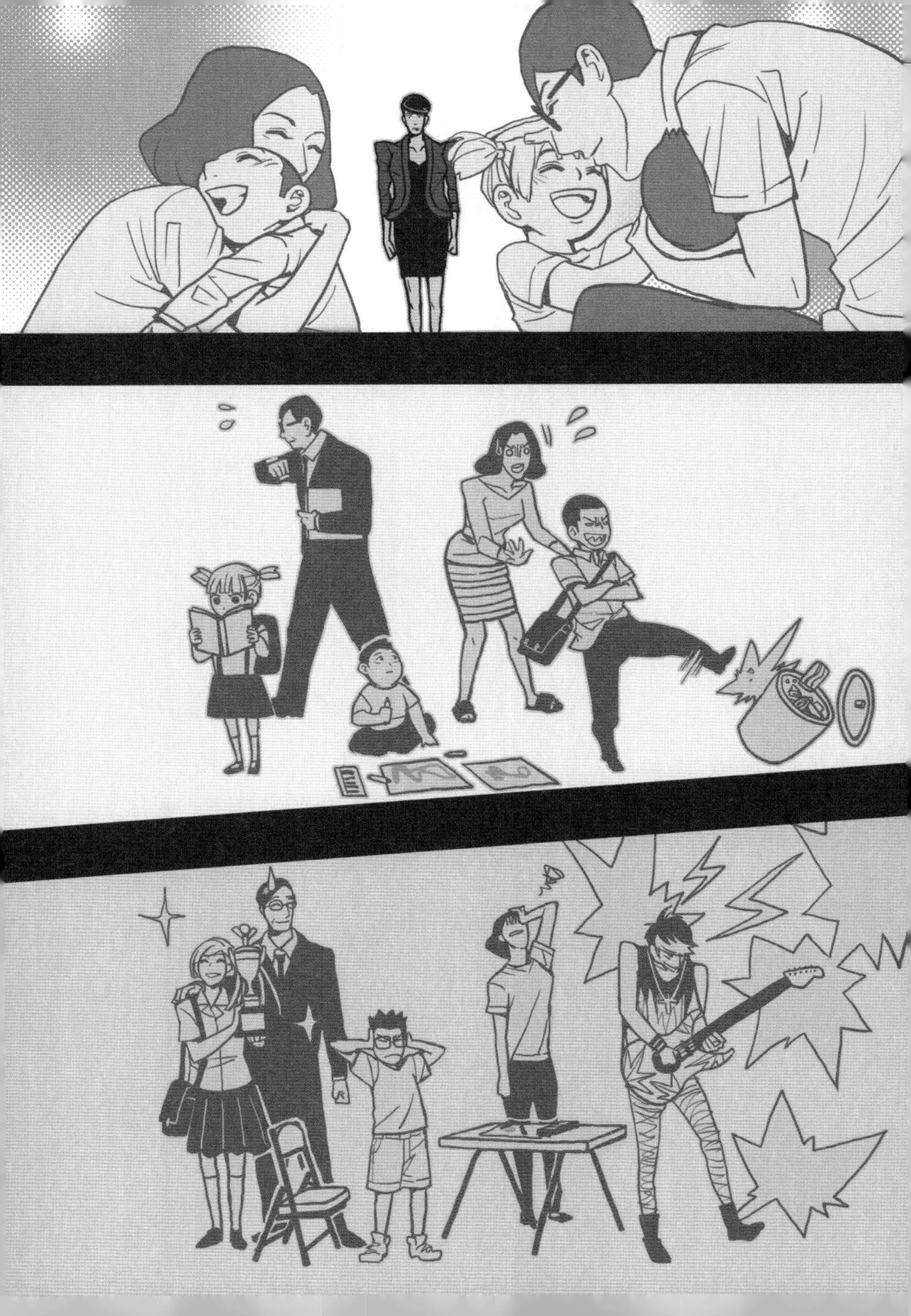

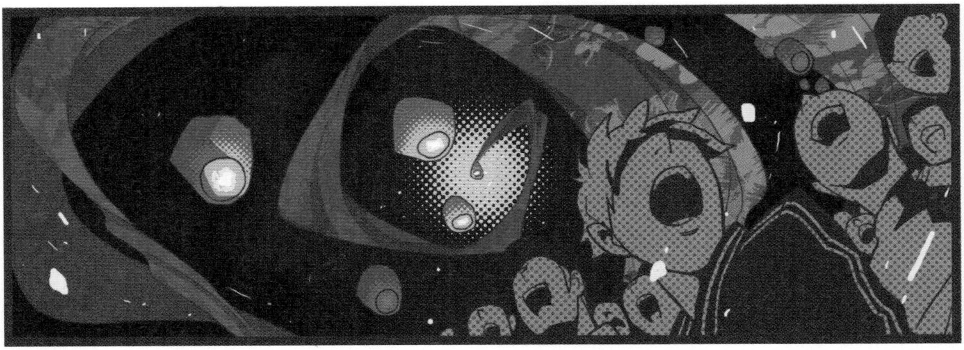

雖然我盡了全力，也得到了喝采和評審的肯定，
但終究還是輸了。
25
24
你問我有沒有遺憾？

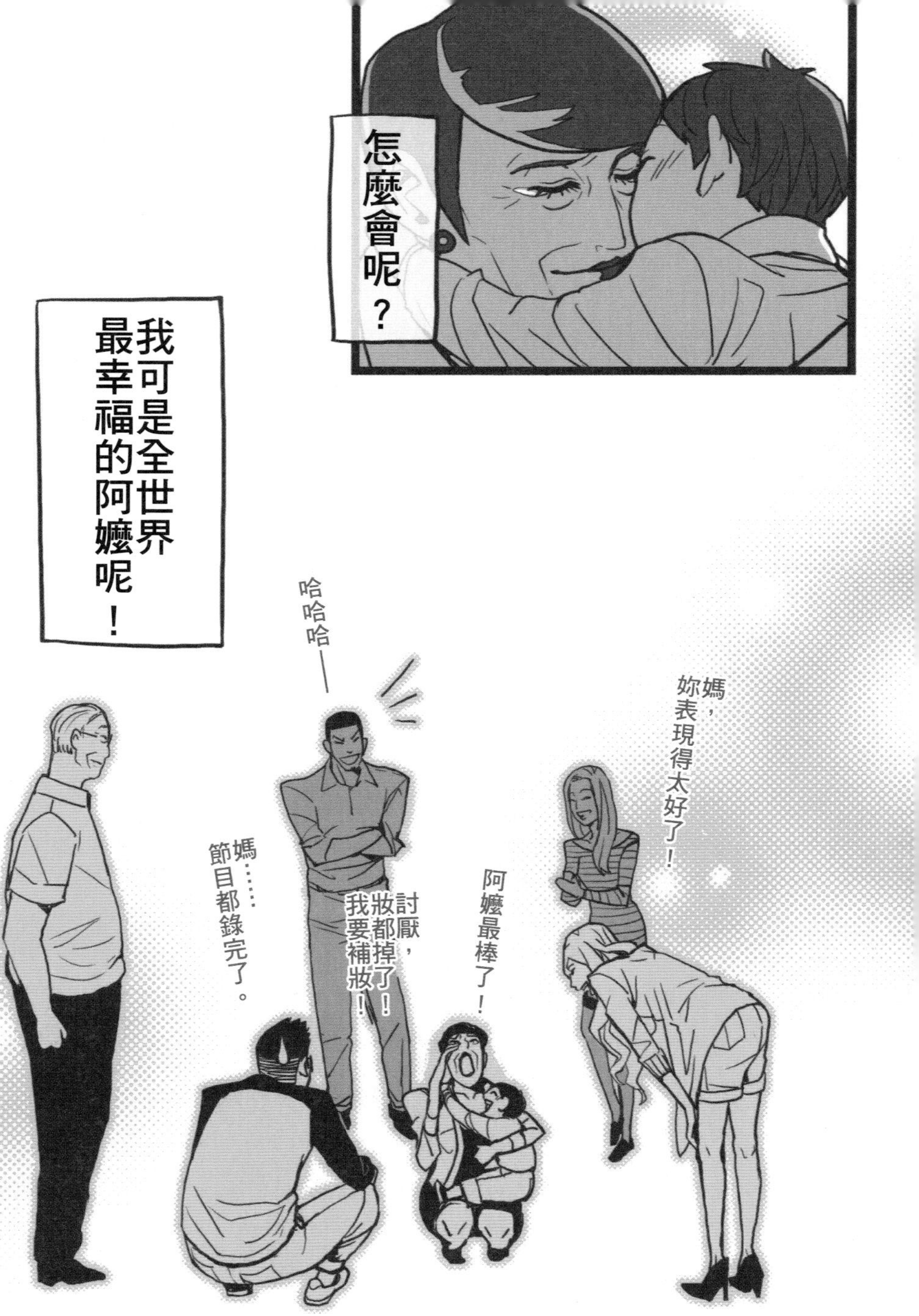
怎麼會呢？
我可是全世界最幸福的阿嬤呢！
媽，妳表現得太好了！
阿嬤最棒了！
討厭，妝都掉了！我要補妝！
哈哈哈——
媽……節目都錄完了。

阿嬤的歌手路／完。

# 「阿嬤的歌手路」

說不上是真實事件改編，但這篇故事的靈感，其實來自於我的母親，她在嫁給我爸爸之前，是一位駐唱小歌手。

她偶爾會跟我聊起關於當年駐唱的點點滴滴，我感受得到那段時光，在她的生命裡占有很重要的地位。有一次她半開玩笑的叫我幫她報名歌唱比賽節目，我說好，但當天晚上她就反悔了，她說她緊張到沒辦法睡覺，而且心情很糟，所以這件事情就這樣沒了下文。

因為媽媽平常還要上班，覺得自己不要去上演什麼偷偷報名事件，所以我決定用漫畫來圓滿她這段最終沒能實現的熱情。

也許是因為稍微投射了自己的現實生活，有一些感情，加上我個人很喜歡用親情和鄉土喜劇為出發點的題材，所以這篇畫起來特別流暢愉快，唯一覺得困難的地方，就是漫畫沒有聲音，要如何在有限的短短幾格內，呈現出歌唱表演不同的特色和精彩，成了這篇故事給我的最大考驗。

王雪最後一首歌我畫了許多天燈，天燈是用來祈福許願，以隱喻王雪最終放棄追求名利，而是回歸初衷，祈禱家人們平安幸福。

有沒有人發現，阿公整篇臺詞只有「呵呵！」跟「怎麼吃這麼少？」，木訥沉默到一個不可思議，他當年到底怎麼追到阿嬤的？我也很好奇。不管怎麼說，我覺得把小孩好端端的養到大，撐起一個家真的很辛苦，敬全天下父母親，你們真的好偉大啊！

小琦，
要乖乖聽老師的話喔！
好～把拔掰掰！
……
唉～。
……好，
趕快回家開始找工作吧。

「一顆芭樂」

廚房助手
月薪 22000
有點少……
夜班保全
月薪 27000
大夜班？不行！不能放小琦一個人在家！
做什麼好呢……？
清潔工
[工作地點]：台北市內湖區行
[工作時間]：日班
[工作待遇]：28000起
!?
好像不錯，丟丟看履歷吧。

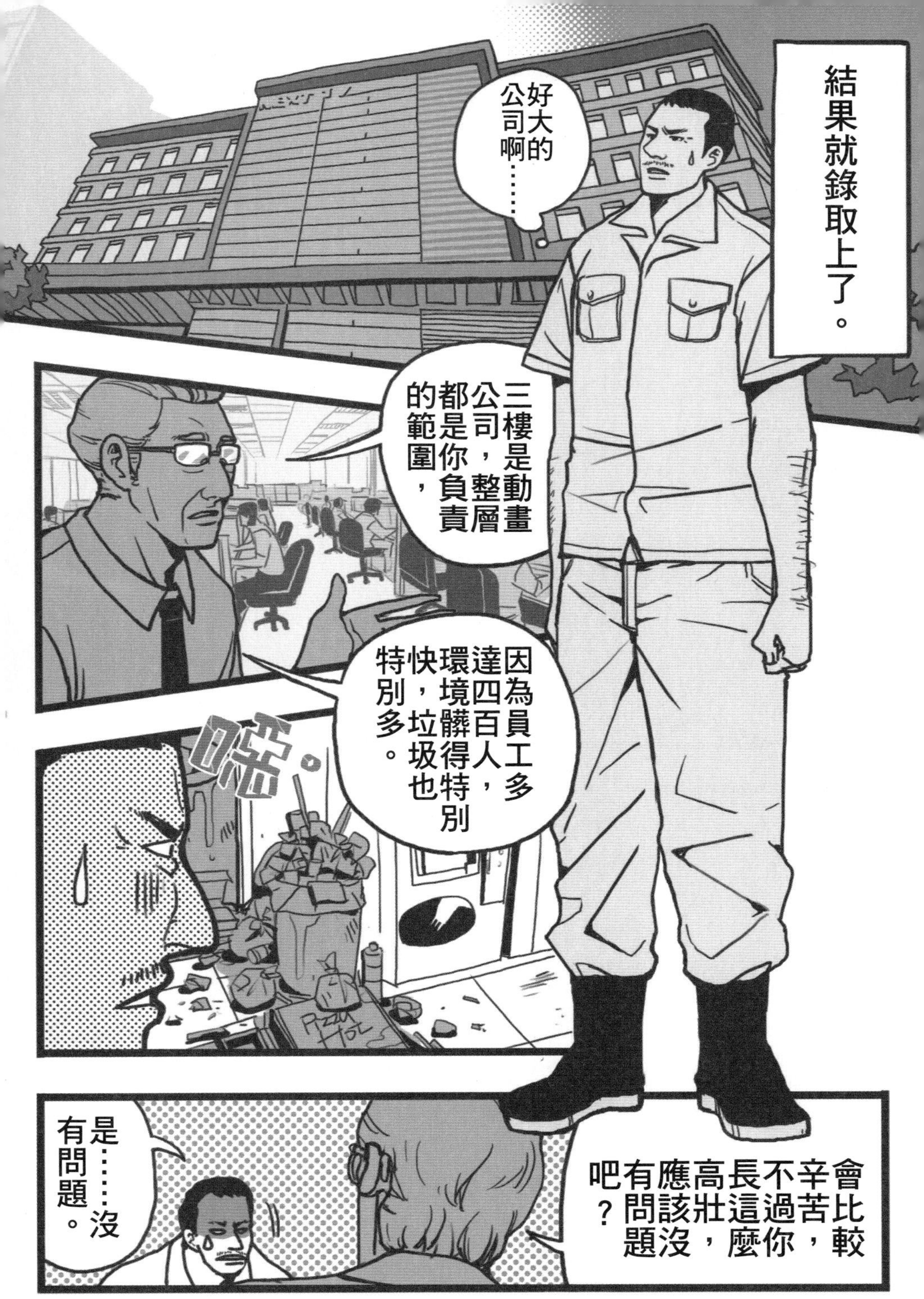
結果就錄取上了。
好大的公司啊……
三樓是動畫公司，整層都是你負責的範圍，
因為員工多達四百人，環境髒得特別快，垃圾也特別多。
唔。
會比較辛苦，不過你長這麼高壯，應該沒有問題吧？
是……沒有問題。

上工吧。
唔！
啊！
今天好忙！
是啊！
……

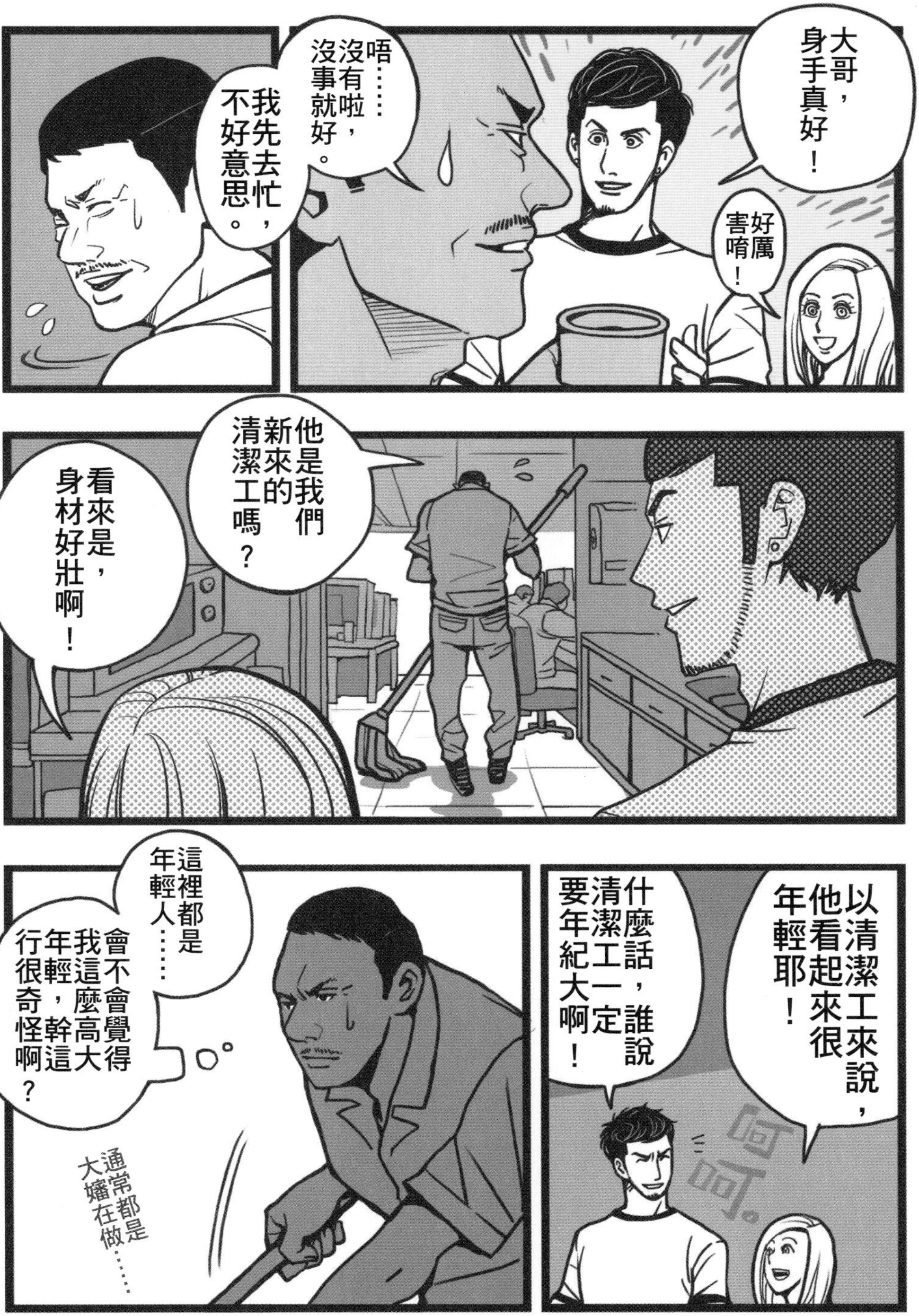
大哥，身手真好！
好厲害唷！
唔……沒有啦，沒事就好。
我先去忙，不好意思。
他是我們新來的清潔工嗎？
看來是，身材好壯啊！
以清潔工來說，他看起來很年輕耶！
什麼話，誰說清潔工一定要年紀大啊！
呵呵。
這裡都是年輕人……
會不會覺得我這麼高大年輕，幹這行很奇怪啊？
通常都是大嬸在做……

算了，有錢賺就好，
這樣一來房租和小琪的安親班費用都不成問題了！
嗨，敏捷的大哥。
你幾點下班呀？
？
……五點。
好耶，跟我們一樣！那……
下班後要不要去橋下打球啊？
打球？

大哥，怎麼稱呼？
唔，我姓李。
李大哥啊，我叫紹勳。
上吧！
好幾年沒打籃球了……
好高大。
不過……
感覺還不錯嘛！
好球！

李大哥原來這麼會打籃球哇！
哆哆哆…
下禮拜還要來喔！我們固定每週會打！
哆哆…
啊！
怎麼啦？
現在幾點了？
快七點。
太晚了！我要去安親班接我女兒！
你有女兒？
掰掰！
噠…
……

吃不夠再點，因為爸爸找到新工作了！
耶！好棒喔！
那我生日可不可以買唉配？
買來玩遊戲？
……不行很貴。
爸爸總有一天會買給妳的……
以前的事真的很對不起……爸爸一定會好好振作、
一定會努力讓妳過好日子，
當個光明磊落，讓人引以為傲的好爸爸！

早安啊！李大哥！
嗯？早安。
早啊，辛苦了。
週末會再來打球嗎？
你來之後我們環境乾淨多了，謝謝你！
……

這麼晚才吃飯啊？
對啊，剛剛太忙了。
空腹太久傷胃……可以準備一些小餅乾，餓了就吃比較好。
謝謝關心！
我來清理就好。
啊，好，不好意思！
沒關係，哈哈！

我很高興找到這份工作，
能認識你們，工作氣氛很快樂、充實，
穩定的收入也讓我和女兒過得更自在一點。
李大哥之前是做什麼的？

這個嘛……以前亂七八糟的。
加上小琦的媽媽離開我們，
我更是過著一蹶不振的生活。
我年輕的時候還坐過牢呢。
什麼!?
不過……
那些都過去了，我要好好珍惜現在，堂堂正正的過生活。

紹勳，今天公司的水果芭樂，你要不要？
咦——
李大哥！
我喔，
你要不要吃芭樂？我的給你！
咦？這是發給你們清潔工的吧，能拿嗎？
當然可以，我不愛吃芭樂，給你吧！
謝謝。

哎！妳看妳看，區區一個外聘的清潔工，居然敢偷吃我們公司的水果？
他這樣算是偷竊吧？
哼，水果都被拿光了，我還沒得吃耶！
這件事，非得還我們一個公道不可！
好吃！

嗚喔……
今天垃圾怎麼這麼多？
昨晚有人在公司開趴是不是？
算了，這樣清理起來也比較有勁。
晚點要穿新球鞋打球！
李先生，
今天忙完後……有事和你談談。

昨天聽到動畫公司的員工投訴……
你吃了他們的水果？
啊？
那個……是裡面的朋友給我的。
嗯，對……
他們是我們的客戶，
……你知道吃了他們的東西，等於侵占客戶的權益嗎？
有吃？
交朋友歸交朋友，這是你的自由，但……
這對我們清潔公司的名譽，是很大的傷害。

明天起你不必來了。

噠
吁吁
噠
噠
李大哥！
紹勳……
是哪個混蛋說的？我去和他理論！
水果又不是你偷的，是我送你的！
這根本沒有錯啊！
我帶你去向上投訴！

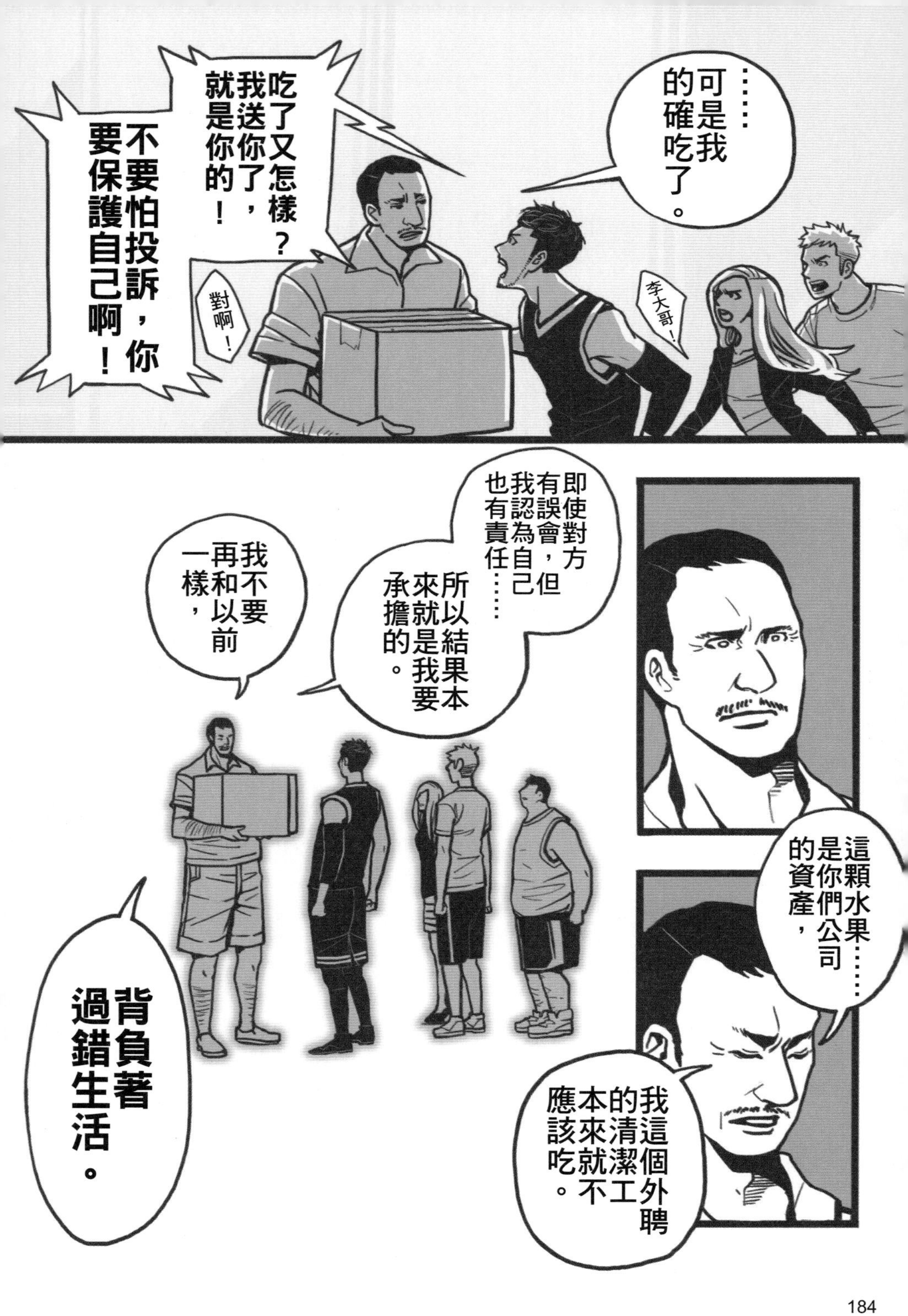
……可是我的確吃了。
吃了又怎樣？我送你了，就是你的！
不要怕投訴，你要保護自己啊！
李大哥！
對啊！
這顆水果……是你們公司的資產，
我這個外聘的清潔工本來就不應該吃。
即使對方有誤會，但我認為自己也有責任……
所以結果本來就是我要承擔的。
我不要再和以前一樣，
背負著過錯生活。

因為我答應小琦，要當個光明磊落的人。
抱歉，今後不能一起打球了，再見。

喂？
李先生不好意思，已經很晚了……
爸爸在哪裡？
嗚哇哇！
請問你幾點會來接小琦呢？
……可以拿給小琦聽一下嗎？
小琦乖，爸爸馬上就到了……
爸爸你為什麼都不來接我？
嗚啊啊啊啊啊……

嗚哇哇……
小琦……
對不起……
混蛋
爲了一顆芭樂把人逼走……

這就是你們想要看到的結果嗎？

正要振作的時候，就摔了一跤……
這就是人生嗎？
太小看我了！我絕不因此而沮喪，
好手好腳的，我什麼都能做！
李—大哥!!!
人力銀行
!?

紹動嗎？你講話這麼大聲……
老人家耳朵會痛的。
哈哈，抱歉！
我只是急著跟你說，我朋友那有個適合你的職缺，
你有沒有興趣試試看？

工作內容是……
喔喔!?
聽起來真不錯，好！


一顆芭樂/完。

## 「一顆芭樂」

這次的故事點子，是我在媒體業工作時期，身邊發生的真實事件：一位清潔工阿姨，因為收下了員工送的香蕉而被炒魷魚的案例。

事情後來不了了之，其實除了當事人，沒有人知道詳細的經過，一切來自於口耳相傳，雖然我想耳聞和真相恐怕會有非常大的出入，但我還是用一個最粗淺、最直接的角度，將它改編為一個非常具爭議性的事件，來傳達對不公不義的抗議。

正職員工和清潔工的身分差異，讓掌權者檢視的角度一開始就會偏向正職員工，而忽略了事件本身的合理性，做了未必正當的判斷。

過程中李大哥完全沒有為自己辯護，是因為他心裡深深懺悔過去的自己，這有一種說法是避免重蹈覆轍，另一種說法就是人生的陰影。陰影形成恐懼，恐懼令人喪失勇氣，所以未來只要發生類似的事情就會選擇退卻，最後碰到爭論是非的時候，就放棄為自己辯解。收下水果的清潔工究竟有沒有錯？法律規定物品贈送他人之後，所有權就歸收下的人，倘若沒有違法，他們是因為什麼而丟了工作？

最後所有的事情都埋沒在黑暗裡了。

題外話，大叔完全是我的罩門，非常不會畫（倒）。

BIG CITY,
LITTLE THINGS
1

我是辛佩盈，
同事們習慣稱呼我盈姐。
惡魔女上司
盈姐（33）
天蠍座 /AB 型 / 已婚
目前在某經銷公司擔任部門主管。
我凡事盡善盡美，也十分投入這份工作。
毫無創意的構圖、暗淡的配色，
整張圖都沒有魅力，
重畫吧！
領導風格公正嚴厲、賞罰分明。
謝謝盈姐～
盈姐！謝謝妳請飲料和胡椒餅。
禁忌是絕對
不允許下屬出任何亂子。

「一家人」

編劇：癸紫翁

盈姐！
這塊蛋糕是我親手做的喔！
我可是很細心的搭配巧克力和奶油的比例，
裡面夾層還有蔓越莓、奇異果、水蜜桃、布丁！
新同事
汪家鈞（28）
希望合妳胃口……
蠟燭噁心。
什麼!?
女人不是都希望永遠18歲嗎!?
並沒有。
我知道了!!真不愧是盈姐!!
思維就是比一般女人更高尚出眾!!
你只要閉嘴就行了。
新來的阿汪
夠囉
請用蛋糕刀。
熱情又積極！

盈姐，我幫妳買咖啡。
放著就好。
盈姐，那個雲端表格我已經幫妳處理完了！
辛苦了。
盈姐，這個送妳！加拿大來的高級茶葉！
謝謝。
來來！大家盡量吃我請客！
這間馬卡龍不便宜耶！
你怎麼這麼好？
千萬別客氣因為……
我把我們
都視為一家人！

對了盈姐！另外這盒是特別給妳的！
……
阿諛諂媚
……怎麼說呢，就是不舒服。
我感覺他對我們的善意是演給盈姐看的，
不太真實。
維維，其實不管在哪工作都會有這樣的人存在，
他們努力討好跟表現自己，
得到上司好感之後，要升遷確實比較容易。
這沒有對錯，就只是職場生態。
可是他工作能力又沒多好，
這叫打腫臉充胖子吧？
而且盈姐喜歡他我會覺得失寵嘛!!!
妳小朋友嗎？

維維，妳這邊做的不好唷！
應該z@$&@*&*%*@%……
等等，幹嘛啦你，奇怪耶！
你又不是畫畫的！
維維，妳說這話就不對了。
妳做不好會被罵，我是為妳好，聽我的建議準沒錯！
我們就像一家人要共體時艱！
所以我一定要盡全力幫助妳！
偷瞄
阿汪，來一下
是的！

這個重要案子讓你負責。
後天給我，工作量很大，你可以分配給小皮跟文森。有問題嗎？
沒問題！
重要又龐大的案子，還讓我分配工作，
擔任如此要務絕對是升遷的節奏！
表現的機會來了！

那個，我要做什麼呢？
文森(23)
不用！你休息吧！
小皮(26)
我來要工作……
交給我就好！
我才不要把機會分給你們這種雜魚！
看我大顯身手吧！
咻咻咻咻
咻咻咻咻
林北要發達了!!!
23:45

完全不行。
之味了無新意
不符市場需求荒
明確是不是
跟不上時
偏差應
有抓到消
小皮，你來。

有問題嗎？
沒有！我會盡力做好的！
文森，這部分麻煩你……
好的！
阿汪，
你不是常說一家人要共體時艱嗎？
還不快去幫忙？
啊……是！對不起！

下班後
盈姐❤
要不要一起去吃拉麵？
不要吵，等我忙完。

一家人 / 完。

## 「一家人」

命題「一家人」其實是諷刺，漫畫裡把阿汪十分誇張化，搞得好像我很仇恨刻意討好上司的人，只好在此澄清，其實在現實生活中，我不覺得拍馬屁一定是壞事，反而拿捏得好的話確實容易成為職場勝利者，只是做得漂不漂亮，上司吃不吃這套，同事間人際關係如何就不一定了。阿汪之所以踢鐵板，是因為他工作能力不佳，並不是因為諂媚上司。

另外有一個小細節，這一回的辦公室場景環境和「陳稜路上」不一樣，辦公桌變成有隔板的，是因為他們後來換辦公室了，在故事裡一直沒有機會提到這個設定。（是說應該不會有人注意到吧？）

這篇是我第一次找編劇合作，是一次有趣的體驗，分享一下編劇癸紫翁構想的分鏡圖。

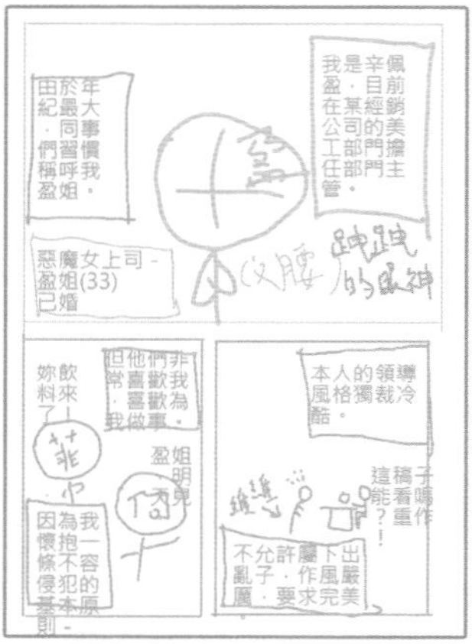

盈姐，圖我調整好了，請看一下。
我看看。
維維念動力啟動
星期五
拜託嘛
行了，妳回家吧。
耶!!!!
謝謝盈姐～

FUN系列014

# 大城小事

BIG CITY, LITTLE THINGS

作　者—HOM（鴻）
主　編—陳信宏
責任編輯—王瓊苹
責任企畫—曾睦涵
美術協助—我我設計工作室
總 編 輯—李采洪
董 事 長—趙政岷
出 版 者—時報文化出版企業股份有限公司
一〇八〇三　臺北市和平西路三段二四〇號三樓
發行專線—（〇二）二三〇六六八四二
讀者服務專線—（〇八〇〇）二三一七〇五・（〇二）二三〇四七一〇三
讀者服務傳真—（〇二）二三〇四六八五八
郵撥—一九三四四七二四　時報文化出版公司
信箱—臺北郵政七九至九九信箱
時報悅讀網—http://www.readingtimes.com.tw
讀者服務信箱—newlife@readingtimes.com.tw
時報出版愛讀者粉絲團—http://www.facebook.com/readingtimes.2
法律顧問—理律法律事務所　陳長文律師、李念祖律師
印　刷—詠豐印刷有限公司
初版一刷—二〇一五年八月十四日
初版三刷—二〇一九年八月二十二日
定　價—新臺幣二七〇元
（缺頁或破損的書，請寄回更換）

時報文化出版公司成立於一九七五年，並於一九九九年股票上櫃公開發行，於二〇〇八年脫離中時集團非屬旺中，以「尊重智慧與創意的文化事業」為信念。

大城小事 / HOM 作 .
-- 初版 . -- 臺北市 : 時報文化 , 2015.08
冊 ;　公分 . -- (fun 系列 ; 14-)
ISBN 978-957-13-6349-3( 第 1 冊 : 平裝 )

855　　104013820

ISBN 978-957-13-6349-3
Printed in Taiwan